愛読家、日々是好日《にちにちこれこうじつ》 1
～慎ましく、天衣無縫に後宮を駆け抜けます～

琴乃葉

一二三文庫

1　後宮

華やかな衣装、豪華な簪《かんざし》、麗しき香り。

様々な色と匂いと欲が詰まった小さな籠《かご》の中。

帝《みかど》の寵《ちょう》を受けるため、他の妃嬪《ひひん》を出し抜くため、実家のため、様々な思惑が飛びかっている。

……んだろうけれど、明渓《メイケイ》には関係ないことだ。地方ではそれなりに有力な役職に就く親を持ってはいるが、高官の娘が幅をきかすここでは後ろ盾などないも同然。そもそも寵愛そのものに興味はない。

では何故《なぜ》ここにいるのか。

物心付く前から本が好きだった。

胸を躍らせながら次々と紙を捲《めく》った。溢《あふ》れてくる文字とそれらがもたらす知識や物語。時間が経つのも忘れ没頭し、放っておけば飲食どころか寝ることも忘れてしまう。周りの音が耳に入らず、返事もしないので、次第に誰も構わなくなっていった。

ある日、後宮《こうきゅう》で上級妃の侍女をしていた叔母《おば》が教えてくれた。なんでも、後宮の北のはずれには誰も立ち寄らない古びた建物があり、その中には夥《おびただ》しい数の蔵書が埋もれているという。中にはかなり希少価値のある物も。

数多《あまた》の本に埋もれ、珍しい本を読み漁《あさ》る。そんな夢みたいな生活を送ってみたいと明渓は思った。しかし、叔母のように侍女として入ったのでは忙しく本を読む時間もなさそうだ。それならば、と一つの結論に至った。

「後宮に妃嬪として入内《じゅだい》したい」

突然の申し出に家族は騒然となった。


今の帝《みかど》は超が付くほどの合理主義だ。政策は無駄がなく結果も出しているが少々情に薄い所がある。必要ないと判断した場合は容赦なく切り捨てる。

そんな帝のために作られた後宮も合理的だ。四年過ごしても帝の訪れがない場合は退廷を促される。妃嬪は八十人程おり、一回でも訪れがあったのは三分の一、頻繁に通いがあるのは片手で数えれるほどだ。勿論《もちろん》四年以下で実家に帰される者もいる。

明渓はそれを狙った。帝の興を引かず地味に過ごしながら四年のうちに本を読み漁る。

入内から一ヶ月、今のところ目論《もくろみ》見通り順調な日々を過ごしている。

「明渓様、そのように侍女のような姿をなさらないでください。宮から一歩外にでれば、いつ帝に出会ってもおかしくありません。もっと妃嬪らしく着飾り、髪も華やかに結い上げてください。そして、切っ掛けを掴《つか》んでくるのです」

侍女長の魅音《ミオン》がいつものように小言を言う。二十代半ば、美人ではあるが口うるさいのが玉に傷だ。後宮では女達にも位が与えられており、上位の者は名前の後に妃、位の低い者は嬪をつける。後宮に入ってまだ月日が浅い明渓は一番下の位だ。

明渓は、北にある蔵書宮《ぞうしょぐう》に行く時はいつも侍女の服を着る。

妃嬪が後宮を歩く時は必ず侍女をお供に付けるのが習わしだ。そのため妃嬪の装いでの一人歩きは悪目立ちする。しかし、誰にも邪魔されることなく本を読み漁りたい明渓は、いろいろ考えた結果、侍女に変装しこっそり出かけることを思いついた。

しかし、こっそりとは言っても下級嬪の明渓に用意された宮はさして広くない。今日のように出掛ける前に見つかってしまうことも珍しくない。というより、最近は魅音も心得てきて、明渓が出掛ける時間になると扉の前で待っているのだ。

小言はまだ続く。

「しかも、どうして帝好みの白い肌をわざわざ濃く見せるのですか。前髪もそんなに厚く下ろしては、形の良い目を隠してしまいます」

はぁ、とため息をつくと、明渓がわざと厚く下ろした前髪を指でサッと左に流す。

途端に意志の強そうな扁桃《アーモンド》のような双眸《そうぼう》が露《あら》わになった。

今年五十歳になる帝は白い餅肌がお好みらしい。明渓の肌はまさしく帝好み。しかし、父親より年上の帝のお眼鏡になんてかないたくない。清い身のまま故郷に帰りたいとか、貞操観念が強いというより、帝の寵愛を受けて本を読む時間が減るのが耐えられないのだ。

魅音が、手拭いで濃く塗った顔料まで拭こうとしてきたので、明渓はさっと身を翻すとそのわきを擦《す》り抜けた。

「すぐに戻るわ」

そう言い残して、勢いよく桜奏宮《おうそうぐう》の扉を開けて外に飛び出した。


（ああ、いつ来てもなんて素晴らしい）

天井近くまである本棚にはびっしりと本が詰まっていて、歴史、地学、天文学、易学、物語まで様々な種類が揃《そろ》っている。明渓はその古びたちょっとかび臭い空気を肺いっぱいに吸い込むと、うっとり表情を崩した。蔵書宮の香りは、どんな香《こう》よりも素晴らしいと思う。いつの間にかその両手は胸の前で組まれ、まるで恋する乙女のようだ。はやる気持ちを抑えるようにもう一度深呼吸すると、本棚を縫うかのような狭い通路を進んでいった。

どれにしようかと、古びた背表紙を指でなぞりながらゆっくりと歩いて行く。この一ヶ月は歴史書ばかり読み漁ったので、ちょっと趣向を変えようかと思っている。足の赴くままに通路を進んでいくと、天文学の棚の前に辿《たど》り着いた。明渓は思わず目を見開く。西方の国では天文学が熱心に研究されていると聞くけれど、明渓が住むこの広大な大陸で天文学はあまり知られていない学問だ。星に関する本といえば占いか物語がほとんどで、田舎ではそれすら手に入りにくい。貴重な本が、所狭しと並ぶ様は圧感の光景だ。とりあえず、パラパラと捲りながら、初心者向けの本を十冊ばかり手にとる。そのまま辺りをぐるりと見回し、三方を本棚に囲まれた机のさらに一番隅の席に座ると、ゆっくりと本を捲り始めた。

頭の中にどんどん文字が吸い込まれ、周りから音が消える。この時間があれば他に何もいらない。瞬《まばた》きさえ惜しいぐらい目をこらし、次々に頁《ページ》を捲っていった。

これが全ての始まりだった。

その夜、明渓は静かに窓を開けるとひょいと窓枠を越え地面に着地した。月明かりが明るく、星も綺麗《きれい》に輝いている。虫の声が季節を感じさせ、少し肌寒いが気にせず歩いていく。

明渓はただ読書が好きなだけではない。

本で知ったことを自分の目で見たり、試したりするのも大好きだった。

秋の夜空は夏に比べると星は少ない。しかし、空気が乾燥しているので、夏の間は霞《かす》みがちだった空も透明度が増し、星の輝きが綺麗に見える。

本の内容を思い出しながら、夜道をゆっくりと歩いていると、どこからか甘い香りがしてきた。始めは金木犀《きんもくせい》の香りだと思っていたのだが、それに加えて妙な甘さが混じっている気がする。

ふと、実家で読んだ本の一文が頭に浮かんできた。

(いや、まさか、ここは後宮だし)

実際にその匂いを嗅いだことはない。でも、でも、

(……大麻?)

そう思った時にはもう遅かった。足は自然と金木犀の匂いの方へと向かっていく。

そっと木の影から覗《のぞ》くと、三人の人影が見えた。明渓が目を細め、よく見ようと身を乗り出したその瞬間、足元で枝の折れる音がした。

(やばい！)

そのうちの一人と目があった。咄嗟《とっさ》に走って逃げようとするも、木の根に足をとられ転んでしまった。

こんな時、物語なら皇子《ヒーロー》が……と思うけれど、現実はそうも行かない。男の一人が

のしかかり、口を押さえてくる。目が血走っていて正気でないのが見てとれた。

「どこの侍女だ？　まさか妃嬪ってことはないだろうな」

「どっちみち、やるしかないんだし関係ないだろう」

両手を押さえられて身動きがとれない。

その時だった。ぶん、と風を切る音とともに、男の顔面に木がめり込んだ。

2　真夜中の乱闘

押さえられていた口から手が離れる。

明渓は自分の腕を掴《つか》んでいる手に思いっきり噛《か》み付き、さらに怯《ひる》んだところを急所を蹴り上げた。もう一人には鼻っ柱目がけて拳を突き立てる。

男達が、うっという唸《うな》り声をもらし蹲《うずくま》っている間に立ちあがると、先程棒を振った人影の元に走り寄った。

「大丈夫か？」

変声期真っ只中という感じの掠《かす》れた声がする。

美丈夫《イケメンヒーロー》の皇子とはいかないようね、と心の中で呟《つぶや》いた。

「逃げるわよ」

明渓はそういうと、少年の手を取り木々の間を縫うようにして駆け出した。そのまま一気に大通りまで出ると、角を曲がれば宦官《かんがん》の詰所があるという所で立ち止まる。

手を引っ張っていた少年の足取りが重くなったからだ。苦しそうに息を吐く音が聞こえてきて、息と息の間にゼイゼイという雑音も交じっている。

「大丈夫？　苦しいの？」

「はぁ、はぁ、俺身体《からだ》が弱くて、久々に走ったから」

息切れしているだけでなく顔色も悪いので、とりあえず近くの木陰に身を隠すことにした。この場所なら万が一見つかったとしても、叫べば詰所にいる人間が駆けつけてくれそうだと思ったからだ。

苦しそうにしている少年の背中を撫《な》でながら、周りの様子を窺《うかが》うけれど、男達が追いかけてくる気配はない。そこで、やっと明渓は一息ついた。

少年も暫《しばら》く背中を撫でている内に、呼吸が落ち着いてきたようだ。

「もう大丈夫です。最近は発作も起きなかったから、これくらいは大丈夫だと思ったのに、まだまだだなぁ」

まだ少し息苦しそうに話すのを、明渓が心配そうに見つめる。

「助けて頂きありがとうございます。改めてお礼をしたいのですが……」

話しながら明渓は思った。

（どうして少年が後宮にいるの？）

後宮に入れるのは、帝とその子供達、妃、医官、宦官、侍女、だけと聞いていた。

帝には皇子が四人いる。三十歳の東宮は宰相で帝の右腕として政《まつりごと》に関わっている。さらに二十歳、十九歳の子と来年元服となる十四歳の男子。他には公主《こうしゅ》が数人いたはずだ。

ちなみに東宮にも、十歳の男児と五歳と二歳の娘がいるらしい。

明渓は女性としては背が高く五尺五寸ぐらいで、対して少年は五尺と少し。十二歳の従兄弟《いとこ》と同じぐらいの体格に見える。

「あなたは、誰ですか？」

「医官見習いです」

息を整えながら、少年が話す。見習いなら砕けた口調で話してもいいかな、と明渓は思う。

「見習いにしても、まだ若いように思うけれど」

「私は小さい時から身体が弱く、医官の世話にずっとなっていました。発作があるたびに医官が駆けつけてくれますが、余りに頻繁なので終いには医官に預けられました。その医官が後宮に行くことになったので一緒に付いてきて医官見習いをしています」

そう言って少年は一息ついた。

顔色は随分良くなってきている。髪上げはまだしておらず、後ろで一つに束ねられた髪の長さ三寸程度。少し長めの前髪がかかる目は切れ長ではあるが、まだまだあどけなさが残っていて、凛々《りり》しいというより可愛いという言葉の方が似合う。

「医官様は後宮の南にある医局で寝泊まりをしているはず。どうしてこんな場所にいるの？」

「散歩です」

明渓は胡散《うさん》臭そうに少年を見る。

もう少し追及したいけれど、逆にいろいろ聞かれても困るのでやめることにした。それなのに、

「あなたはどうしてこんな時間に出歩いているのですか？」

逆に聞かれてしまった。

「いくら後宮とは言え、木立や林、池など人の気配がない場所はいくらでもあります。まして夜となると、不埒《ふらち》な宦官や医官に暗闇に連れ込まれる可能性もないとは言えない。一人フラフラ出歩くなんて、余りにも不用心です」

今度は少年が訝《いぶか》しそうに明渓を見てきた。変に怪しまれても困るので、渋々理由を話すことにする。

「星を見に」

「星？」

少年は空を見上げる。今夜は月明かりが明るく星もよく見える。だが、しかし、と首を捻《ひね》る。

「部屋の窓からでも見えますよね？」

「私の宮《ぐう》からでは木に邪魔をされ、空の星全てを見ることができないの」

「星を見るのが好きなんですね」

「う〜ん。好きと言うか……」

明渓の曖昧《あいまい》な言い分に少年は眉を顰《ひそ》める。その目が不審な人物を見るように細められたので、仕方なく全て正直に話すことにした。

「今日、天体の本を読んだの。そしたら、実際の夜空で星を見てみたくなって」

「それだけのために、ですか」

何と説明すれば分かって貰《もら》えるのかと思案するも、本当にそのためだけに抜け出したのだから他に言いようがない。途方にくれていると、少年は諦めるように小さく息を吐いた。

「……とにかく、夜に出歩くのはやめた方がいいでしょう。市井《しせい》に比べれば安全ですが、今夜みたいに危ない目にあうこともあります」

「確かにそうね。素手だと流石《さすが》に限界があるし」

そう言って、ぎゅっと握った自分の拳を見つめる明渓の様子に、少年は頭をくしゃくしゃとかき、今度は大きなため息を一つ吐《つ》いた。

「宦官と言えども男です。あなたのような華奢《きゃしゃ》な女性では……」

「そうなのよ！　ほんと、良かったぁ!!　普通の男性と違って無いから効くかどうか不安だったのよね」

明渓の発言に少年が一歩退《しりぞ》く。その表情は暗くてよく見えないけれど、先程男が突然蹲った理由が分かったのか顔が歪《ゆが》んでいる。

そんな様子に気づく事なく明渓は立ち上がると、服についた埃《ほこり》をパンパンと払った。

「じゃ、私帰るね。これ以上部屋を抜けていたら、侍女が怪しむかもしれないし」

その言葉を聞いた途端、少年がポカンと口を開け固まった。

「ではあなたは妃嬪でしたか」

しまった、ばれてしまった、と少年の呟きに明渓は気まずそうに視線をそらした。

「何故妃嬪がこんな時間に出歩いているのかも気になりますが、一人で宮まで帰らせる訳には参りません。送りますのでどちらの宮か教えてください」

「大丈夫。それより私があなたを送りたいぐらいよ。一人で帰れる？」

少年の申し出をあっさり断り、代わりに幼児をあやすような目を向ける。悪気のない言葉に思わず少年の口がへの字に歪んだ。

「いえ、私が、送ります」

仏頂面でそう断言すると、宮の名前を聞き出し先に立つようにして暗闇の中を歩き始めた。

3　少年

思っていたよりすっかり遅くなってしまったと、静かに医局の門を開ける。医局は年季の入った二階建ての建物で、一階に入ってすぐ右に棚が並び、医療器具が所狭しとならんでいる。奥にはもう一部屋あり、その手前に急な階段が二階へと伸びる。踏み板は横には長いが、幅は狭い。そして歩くたびにギシギシと大きな音が響く。

俺は小さな身体をさらに縮め、できる限り足音を立てないようゆっくりと階段を上る。何とか上り切り自室の部屋の扉に手をかけた時だ、いきなり後ろから大きな手に肩を掴まれた。

「僑月《キョウゲツ》、どこに行っていたんだ」

一寸ばかり飛び上がりながらも、かろうじてヒッと言う悲鳴を飲み込んだ。振り返らずとも声の主は分かっている。もう何年も世話になっている主治医であり、お目付役でもある韋弦《イゲン》が俺の仮の名を呼び立っていた。

俺は本来の名をここでは使っていない。正確に言えば使えないし、誰にも知られてはいけないのだ。韋弦の口調が命令調なのは、誰かが聞いている可能性を考えてのことだろう。眉間《みけん》に深い皺《しわ》を寄せた韋弦に肩を押され、部屋の中に押し込まれる。三十路《みそじ》を少し過ぎた痩身の男のくせに力は強い。二人だけになったところで韋弦は口調を変えた。

「心配したのですよ」

「最近はすっかり具合もいいので、頼まれた所用のため少し出かけていただけだ」

俺の言い訳にますます眉間の皺が深くなる。

「お一人で行かれないでください。いつ発作が起こり、咳《せき》が止まらなくなるかも知れないのですよ」

「大丈夫だった」

じとっとした目で見てくる。もしかしたらばれているかもしれない。

「東宮からも、私と一緒に行動するように言われているはずです」

「東宮も韋弦も心配のしすぎだ。最近は体調もよいし、体力もついてきた。いい加減、二人は過保護すぎるのだ」

走って咳こんでしまったが、言い換えれば走らなければ咳こまなかったのだ。発作もすぐに治るようになったのに、未《いま》だに幼い頃と同じように心配されるのは少々煩わしい。

東宮、現皇帝の長子。今日の夜間外出は東宮からの依頼だった。

昔から身体が弱く、いつ死んでもおかしくないと言われた俺をいつも気遣ってくれたのが東宮だった。本を読み、玩具《おもちゃ》をくれ、体調が良い時は馬に乗せて山や川に連れて行ってくれた。珍しい食べ物や飲み物をくれ、異国の話をしてくれる。そして、熱でうなされるたびに手を握り死ぬな、と強い口調で言ってくれた。何度もその声に励まされ、意識を取り戻した。

東宮以外の者が俺を見る目は冷たかった。身体が弱く、剣どころか勉強することもままならない男児は不要だとばかりに、いない者として扱われた。期待もされなければ、失望もされない、空気のような存在としてただ広い皇居の中で育った。それでも年齢とともに身体は強くなり、寝込むことも発作も減ってきた。そうなると、次は嫌でも周りの目が気になり、無能な者を見る冷たい目に耐えきれなくなった。そこで、無理を言って主治医である韋弦の下で医官見習いとして働くことにした。体力がついてきた最近では剣術も習い始めている。

そんな俺に東宮は一つ、頼みごとをしてきた。

「最近、後宮で大麻が出回っている、吸っている者を見つけて欲しい」

ただし、韋弦と一緒にと。東宮が後宮に入ることは殆どない。大麻の話はおそらく宦官長あたりから聞いたのだろう。いや、医局長だろうか。帝より身が軽い東宮を彼らは何かと頼りにしている。一人では動くなと過保護な東宮に釘を刺されるほど、どうしても一人でしたくなった。一人でも充分にやれるところを見せ、認めて貰いたかったのだ。

だから、ここ数日は夜中に出歩いていた。とはいえバレないように一刻《二時間》程度だが。

そして、今夜木立の向こうから何やら騒がしい声が聞こえた。ガサガサと草を踏み荒らす音、ドサリと倒れる音。嫌な予感を覚え覗き込むと、男三人が女にのしかかっている。思わず無我夢中で、足元の木を拾い殴りかかった。しかし、剣の稽古はしていても実践は初めて。棒で殴ったのはいいがその後が続かず、立ち尽くしていると女が身を起こし反撃に出た。

「くっくっ、はっはは」

あの時の様子を思い出して、思わず声を出して笑った。そんな俺を訝しげに韋弦が見る。

「すまん、すまん。面白いものを思い出してな」

クックッと喉《のど》を鳴らしながら、少し目尻に滲《にじ》んだ涙を拭う。

「心配するな、怪我《けが》はない。苦しくもない。それから、大麻を吸っていた者を見つけた。暗くて顔は分からなかったが次見つけた時は必ず捕まえる」

「捕まえるのは刑部の仕事です。それより、僑月様の顔は見られていませんか？」

「……暗かったから大丈夫だろう。なに、もし俺を狙ってきたなら、その時に捕まえればよい。探す手間が省かれるではないか」

あっけらかんと言った言葉に韋弦は頭を抱えた。俺に何かあれば責任を問われるのは韋弦だ。

「それにしても、奴らはどうやって大麻を手に入れているんだ？　入手経路が全く分からない。後宮に入る荷物は全て検閲が入るし、荷だけではなく人に対しても行われている」

もちろん調べる者も仲間の可能性はあるが、検閲はその日に無作為に選ばれた二人で行われるため、その可能性は少ないと考えるべきだろう。

「それも含めて、まだ調べないといけないことは多いですね。ところで今宵のことは東宮に話をされるのですか」

「ああ、明日にでも伝えようと思っている」

俺はそこまで話すと、わざとらしく欠伸《あくび》をした。これ以上話しても、説教が始まるだけだ。もう寝るからと言って強引に韋弦を部屋から追い出した。はぁ、とため息をつき寝台に身体を投げ出す。先程発作を起こしたばかりだから、もう休んだ方がよいのは分かっている。でも昂《たかぶ》った気持ちはなかなか鎮《しず》まらない。

月明かりの下出会った妃嬪は明渓と名乗った。気の強い侍女だとばかり思っていたら妃嬪だと言う。夜中に出歩き、男の急所を蹴り飛ばす妃嬪など今まで聞いたことも見たこともない。星が見たいという理由もよく分からないが、夜空を見上げる白い肌と気の強そうな目だけは印象に残った。今まで周りにいた女は柔らかな笑顔を貼り付け、口元を扇子で隠すつまらない女ばかりだ。

もう一度話がしたい。何故かそう思った。

次の日の夕暮れ、俺は後宮の北側の門を潜った。門の向こうは皇居になる。皇居は広く、宮と宮との移動にも馬車が使われるほどだが、朱閣宮《しゅかくぐう》は北門から近く歩いて行ける。いつもと同じように朱閣宮の門を潜り、俺は本来の姿に戻った。

「ほぅ、それは面白い妃嬪だな」

東宮である峰風《フォンファン》が愉快そうに言いながら酒を飲む。普段なら隣で酌《しゃく》をする妃《ひ》は今夜は娘の寝かしつけをしているようだ。大麻を吸っていた三人については既に説明を終えているし、一人で捕まえようとしたことについてはたっぷりとお説教もされた。言うべきことを言った東宮は、俺の話に興味津々だ。それでなくても目力のある二重の目を見開き、うまそうに酒を口に運んでいる。ちなみに、まだ元服していない俺の前にあるのは玉露茶だ。

「そこで、東宮に相談なのですが」

「なんだ？」

「女性と親しくなるにはどうしたら良いのですか？」

東宮が思わず酒を噴き出し、ゲホゲホと咽《む》せ始める。そのあと、はぁ、と一息つくと今度はニヤニヤとこちらを見てきた。

「美人か？」

「美人です」

「具体的に」

そう言われても、と言葉につまる。白い肌は月明かりの下、透き通るような輝きがあり、黒い髪は濡れたように艶《つや》やかでふわりと甘い匂いがした。そして何よりも印象に残っているのはすっとした形の良い目だ。際立って大きいわけではないが、意志の強そうな光に惹《ひ》きつけられた。これら詳細を言えば良いのだが、全てを伝えるのはなんだかもったいない。いや、誰にも明渓の美しさを知られたくない。だから暫く思案したあと、簡潔に願望を伝えることにした。

「誰にも触られぬよう行李《こうり》に仕舞いたくなるような娘です」

「あぁ、それしちゃダメなやつな」

変態による監禁罪と言われた。失礼な、人をなんだと思っている。

帝はこの数年、下級嬪に興味を持つことはない。東宮にも「欲しい妃嬪がいればいつでも言え」と言っている。では何故《なにゆえ》頻繁に妃嬪を迎えるかと言えば入内には政治的な思惑が絡んでくるからだ。だから、本来なら妃嬪に横恋慕なんて打首《じゅだい》にされても文句を言えないような話でも、東宮が間に入れば下賜するよう帝に取り計らうことも可能だ。元服していれば、の話だけど。

何やら東宮が頭を抱え始めた。

「どうもお前は偏った育ちかたをしたようだ。幼い頃から限られた人の中で育ったせいだろうか、空気が読めず執着心が人より強い」

そんなことはないと思う。まったくもってひどい言われようだ。

「先程のはただの願望で、実際にするわけではありません」

「その願望がすでに普通ではない」

なんだか、ますます失礼なことを言われている気がする。少々誤解があるようだが、このままでは埒が明かないのでとりあえず話を進めることにした。

「で、こういう時、まず何からすれば良いでしょう?」

具体策を聞くと、腕組みをして暫くうなった後で教えてくれた。

「とりあえず文《ふみ》だろう。知性を感じさせる内容でありながら、甘い言葉を散りばめる。それを何度か交わし次に会う約束をする」

なるほど。文か。それなら何十枚でも書けそうだ。

「それから、何より大事なのは」

「大事なのは？」

「出す前に俺か韋弦に見せろ」

絶対だとしつこいぐらい念を押された。まったく過保護過ぎて困ったものだ。

4　茶会

明渓のもっぱらの関心は蔵書宮の本。それを読破するために全ての時間を費やしたいところだけれど、世の中そううまくはいかない。

今日は中級妃のお茶会に誘われ、渋々出掛けている。

妃嬪の中にも派閥があるらしい。自分の派閥を広げるため、親しい妃嬪を増やそうとあちらこちらでお茶会が開かれている。勿論、退屈な後宮での暇つぶしや、情報収集という名の噂話が殆どで、できれば関わり合いたくない。

しかし、秋の昼過ぎ、不本意にも茶会に出席している。本来なら蔵書宮にいる時間だ。

美玉《メイユー》と言う名の中級妃は明渓と同じく東の出身らしく、入内してから何度か茶会に誘われていた。慣れない場所に来て体調を崩した、腹を壊したと言って避けてきたけれど、いい加減いい訳も底を尽いてしまったのだ。

「もう後宮には慣れましたか？」

たおやかな微笑《ほほえ》みを浮かべながら美玉が聞いてきた。

侍女達の話によれば最近は帝の訪れが増え、中級妃の中でも地位が上がってきているらしい。

出る杭は打たれるというが、勢いがある者の足を引っ張ろうとする者は沢山いる。少しでも味方を増やしたい気持ちがこの茶会の理由だろうと明渓は考えている。

「はい、何度もお誘い頂いたのにお伺いできず申し訳ありません」

そう言いながらゆっくりと茶を口に運ぶ。

茶菓子は一口で食べられる大きさの饅頭《まんじゅう》と、木の実に蜜を絡ませたもの。たわいのない会話を四半刻《三十分》。初対面なので当たり障りのない話ばかりで、特にこれといった盛り上がりもない。

「こちらのお庭は広く、季節ごとの草木や花を楽しめますね」

どうにか話題を作ろうと思った明渓が、庭をぐるりと見回す。なかなか立派な庭で、本で見た絵と文字が次々と脳裏に浮かんでくる。

明渓は今まで読んだ本を全て覚えている。それは、理解していると言うよりは丸暗記といった方が近いだろう。一枚一枚が文字や絵、その配列も含めて丸ごと暗記されている。読み終わったあと、それらは一冊の本の記憶としてまとめられ頭の本棚に内容《ジャンル》ごとに収められていく。

まるで蔵書宮のように。

だから、どの本のどの頁《ページ》にどんな絵が書かれて、どのような筆跡の文字だったのかも全て覚えている。

本人はこれを当たり前のことだと思っていて誰にも話していない。だから大抵の人間は明渓のことを記憶力のよい人間と認識しても、どのように暗記しているかまでは気づいていなかった。

「お庭を拝見させて頂いてもよろしいでしょうか？」

いつもの悪い癖が出てきた。自分の記憶と目の前の実物を見比べたくなってきたのだ。

「勿論です。ただ北側は背の高い草木も多く危ないので、そちらには立ち寄らないようにお願い致します」

そう言うと美玉は席を立ち、自ら庭を案内してくれた。

庭には季節の花が咲き乱れ、風が良い匂いを運んでくる。秋桜《コスモス》は満開を過ぎていたけれど、秋薔薇《ばら》が綺麗に咲き誇っていた。金木犀の木が一本庭の隅に植えられていて、良い香りはそちらから漂ってきているようだ。

本来なら心が和む穏やかな秋の庭の景色のはずだけれど、金木犀の香りが数日前の出来事を思い出させる。木の下で甘い匂いを吸い込んでいたあの三人のことだ。

本は簡単に覚えられるけれど、それ以外の記憶力はごくごく人並みのものしか持ち合わせていない。三人の中で唯一顔を覚えているのは、急所を蹴り飛ばした男だけだった。

後宮内を侍女の姿で歩く度に、それとなく周りに目をやって探してはいるけれど、それらしき男は今の所見当たらない。

侍女の姿をする時は、あの夜と異なり肌の色を濃く変え前髪を垂らしているので、もしあの男達に会っても気づかれることはないと思っている。

明渓は金木犀の花に顔を近づける。少しきつい匂いが鼻口の奥にツンときた。近づきすぎたかと顔を離し次に葉を見る。

（あれ？）

何か違和感を感じるけれど、それが何か分からない。記憶を辿《たど》ろうとするがうまくいかない。暫く、首を傾げながら葉を見ていると、

「金木犀が好きなのですか？」

急に声をかけられ、はっとしたにように顔をあげる。いつのまにか後ろに美玉がいた。侍女の姿がないのは、先程飲んでいたお茶の片付けをしているからだろうか。

「この季節になると、良い香りが庭一面に広がりますね」

心ここに在らず、の心をこちら側に引き寄せ答える。

「ええ、布袋に花を詰めたものを衣装箱に入れると衣服にも香りが移りますよ。宜《よろ》しければ一袋差し上げましょう」

美玉はそう言うと宮の中に入っていった。

そっと庭の北側にも目をやる。行くなと言われたら行きたくなるのが人の常と言うもの。屋敷の入り口を振り返ってみるが、まだ妃が出てくる様子はない。

（少しぐらいなら…）

また悪い癖が出る。足早に緑色に繁った背の低い薮《やぶ》へと進む。

これは、洋麻《ケナフ》かな？　そう思い葉を手に取る。洋麻はその繊維が木と非常に似ており、紙や紐《ひも》として使用できる。五尺から大きい物で十尺弱ほどになるらしく、庭には七尺程度の洋麻が薮のように生い茂っていた。

（珍しいけれど、洋麻であるなら問題ない、かな）

そう思いながら目をこらしていた明渓の視線が一箇所で止まる。

洋麻が生えているのは手前の二尺ほどで、その後ろにあるのは洋麻ではない。よく似ているが、葉のギザギザの切れ込みが深い。薮に踏み入り、手を伸ばして葉をちぎった。裏側の葉脈を手前の物と比べると明らかに違う。奥の葉の方は葉脈がはっきり見て取れる。遠目では分かりにくいが、並べると葉の形状の違いは明らかであった。

（大麻）

口にしかけた言葉を飲み込む。

扉の開く音がした。明渓は慌ててその葉を袂《たもと》に入れ、秋薔薇の前まで走って行く。

「お待たせしました」

美玉はそう言うと、小さな袋をひとつ明渓に差し出した。

「ありがとうございます」

出来るだけ平静を装いながらそれを受け取る。鼻を近づけるまでもなく良い香りがふわりと漂ってきた。

「こちらの庭に植えられているのは、美玉様のお好みですか？」

「ええ、そうよ。以前はここまで多くなかったけれど。後宮って暇でしょう。季節ごとの花を育てるのが楽しみになってしまって」

そう言って秋薔薇に愛《いと》おしそうに触れる。

「でも、最近はお忙しいのではありませんか？　帝がこちらに足をお運びになるとか」

「ええ、そうね。時折来てくださいます」

そう言って美玉はまたふわりと笑った。

どの妃を訪れるかを決めるのは勿論帝だ。ただ、宦官が勧める事もある。それ故、宦官に袖の下を渡す妃も少なくない。勿論バレると厳罰の対象となるが。

（分かった。違和感の正体が）

あの時、大麻と一緒に金木犀の香りがした。それなのに、周りに金木犀の木は一本もなかった。

明渓は右手の人差し指を立てて顎《あご》を何度か軽く叩《たた》く。考え事をしている時の癖だった。

5　手紙

「明渓様、おはようございます」

林杏《リンシン》が軽く明渓の肩に手を置き声をかける。枕元には広げたまま伏せられている本があった。

「また遅くまで本を読まれていたのね」

呆《あき》れた声を出すだけで林杏は優しい。魅音なら間違いなく怒るところだ。

下級嬪の明渓につく侍女は二人。どちらも同郷で林杏は明渓と同じ歳《とし》だ。小柄で少し茶色い髪を一つに纏《まと》めその根元に簪を挿している。林杏が再び声をかけると、明渓がうっすらと目を開けた。

「朝食の用意ができています。お着替えを手伝いましょう」

「おはよう林杏。着替えは一人でできるからいいわ。先に居間に行って」

明渓の言葉に林杏は困ったように眉を下げる。少し垂れ気味の目がますます下がった。妃嬪の服は一人では着ることができない。一人で着るということは侍女の姿になるということだ。林杏は、また魅音のお小言が始まる、とため息をついた。

しかし、ため息をついたのは林杏だけではない。欠伸と伸びをしながら布団を出た明渓は、恐る恐る窓を開け眉を顰《ひそ》める。窓の桟に置かれた十数枚の紙。それを広げてサッと目を通して、今度は長いため息をついた。

後宮の庭で男に襲われてから一ヶ月。三、四日に一度の割合で手紙は置かれていた。そしてこの手紙、何度読んでも意味が分からないのだ。

(あの男達からの脅迫文かしら？)

文面には明渓のここ数日の様子も書かれている。どこで見ているのか分からないけれど、随分細かく枚数も多い。これは、監視しているから余計なことはするな、という意味だろうかと明渓は首を捻《ひね》った。

　気味が悪いので、犯人を捕まえようと窓を見張っていたこともあるけれど、そういう時に限って現れない。売られた喧嘩《けんか》は買って良いと育てられた。伯父は田舎の武官だ。小さい時から従兄弟達と一緒に鍛えられた明渓は武術に長《た》けている。

　所々に褒め言葉が交じっているのが気になるけれども、明渓はそれをあの夜の男達からの脅迫文だと結論付けて、必ず捕まえてやると拳を握った。

とはいえ、脅迫状ごときでは明渓の日々は変わらない。今日も向かうは蔵書宮だ。途中、ちらりと目だけ動かし後ろを見ると木の一部が風もないのに動いていた。白衣がチラチラと見えている。

（声をかけたらいいものか……）

　そう思いながら、再び歩き出す。理由は分からないけれど、あの夜以降見習い医官が時々現れるようになった。現れるだけで特に何もない。話しかけても来ない。いったい何の用事があるというのか。気になりながらも、害はないのでやり過ごすことにしている。

　両手で十冊ほどの本を抱え、秋風の中すっかり通い慣れた道を歩く。そして、これまたすっかり見慣れた蔵書宮の扉を身体で押し開けるようにして中に入っていった。

入り口近くにある返却用の机で本を返すと、本棚で仕切られた細い通路へ向かう。いつもは気分の赴くままに通路を進むのだけれど、今日は目当ての本がある。いや、その本があるか分からないけれど、とりあえず探してみようと思っている。

（誘惑が多すぎる）

目当ての本は見つからないのに、面白そうな本は次々に見つかる。思わず手に取り数枚捲った後で、断腸の思いで元の場所へ戻す。あの男達を捕まえてから思う存分読めば良いのだと自分に言い聞かせた。

右端から進み三分の二ほど来た場所にその本はあった。それを手に取ると蔵書宮の端、本棚に隠れるようにしてある机に向かい腰を下ろした。

本は植物に関するものだ。パラパラと捲り、目当ての頁を見つけ手を止める。そこにはどうやって大麻を作るかが書かれていた。その頁をひたすら読み進める。自分でも怪しいことをしている自覚はあるので、時折顔を上げて周りを見渡してみた。

するとちょっと離れた棚の影からこちらを伺う白衣がチラチラと見える。

（いったい何がしたいのだろう。でも、見習いとはいえ医官。この本は医学書の棚にあったから、詳しいかも。それに彼は使えるかも知れない）

明渓はニヤリと唇の端をあげると、棚の向こうに見え隠れする人影に向かって手招きをした。

＊

俺は気を抜くと緩みそうになる頬を引き締め、向かいに座る明渓を見る。そして朝起きてから今までのことをちょっと夢見心地に思い出していた。

頼まれていた薬草と課題は昨晩の内にやり終えた。それらを韋弦に見せると今日は休みだ。自由だ。

「ちょっと出かけてくる」

何か言いたげな、いや、止めたげな顔に向かってそう告げると医局を出た。そのあとはすでにお決まりとなりつつある、桜奏宮の近くにある巨木の影に身を隠す。

執拗に纏《まと》わりついているつもりはない。大麻常習者の三人が明渓を見つけ危害を加えるかもしれないから自主的に護衛しているだけだ。決して付き纏《ストーカー》いではない。

桜奏宮まで行ったついでにと、いつものように窓際に文を置いた。返信はまだ貰《もら》ったことはないけれど、本が好きだからといって文章を書くのが得手とは限らないので、これは気長に待とうと思っている。もちろん、東宮や韋弦には見せていない。

四半刻後、いつもより少し遅めに桜奏宮を出る明渓の姿を見つけ、護衛を始めることにした。もう一度言おう、決して付き纏いではない。

重たそうな本を持ってあげようかと思うけれど、医官と妃嬪が親しげに並んで歩く姿は悪目立ちする。目立つことは避けるように日頃から言われているのでここはグッと我慢することにした。

いつもと同じことをするだけだと思っていた。ただ、遠くから見守り、あわよくば挨拶ぐらいして帰るつもりだった。

それなのに、今、目の前に明渓が座っている。

「医官様、名前を聞いていい？」

「あっ、まだ名乗っておりませんでした。申し訳ございません。僑月と申します」

扁桃《アーモンド》のように形の良い目がすっと細められた。

「あの夜男達が大麻を吸っていたのは分かっているわよね？　私を男達から守ってくれたのですから彼達の仲間ではないはず。ねぇ、少し教えて貰いたいことがあるの」

「私で分かることでしたら何なりと」

明渓は周りを見回し誰もいないのを確認すると声を潜めた。

「後宮に大麻を持ち込むことは可能？」

「……それはおそらく不可能に近いでしょう。後宮に入る時は荷物だけでなく人の身体まで念入りに検査されます」

「そうよね。だとしたら後宮内で栽培するしかないか」

「何をですか」

「大麻を」

「!!」

ちょっと待て、どうしてそうなる？　……いや、しかし言われてみればその可能性は充分にある。なぜ思いつかなかったんだろうと自分の頭の固さを悔やんだ。持ち込めないのであれば栽培すれば良いのだ。まさか後宮で大麻を栽培する者がいるとは思わずその発想に辿り着けなかった。

「大麻の栽培は比較的簡単なようね。ただ、問題はそのままでは使用できない」

「そうですね。乾燥させて使う物ですから」

細かな作り方は言えない。明渓がぱらぱらと捲っている本にも乾燥して使うとだけしか記されていないだろう。闇本屋ならともかくここは後宮の蔵書宮なのだから。

「僑月なら詳しい作り方も知っているわよね」

「…………」

「別に教えてなんて言わないわ。興味はあるけれど」

「!?　ちょっと待て、いや待ってください。それはどういう意味ですか？」

明渓は少し首を傾げると、さも当然という顔をした。

「だって、知らないことは知りたくない？　知ったら試してみたくない？」

「大麻はダメだ！」

思わず出た大声に明渓は目を丸くしたあとクスクス笑う。

「分かってる。それぐらいの常識はあるわ。あくまでも一般論よ」

そんな一般論は初めて聞いた。

「それより本題に戻るけれど、大麻を乾燥させるのにはどれぐらいの広さの部屋が必要？」

「乾燥させるからには、葉を重ならないように広げる必要があります。作る量が増えればそれに比例して必要となる部屋の大きさも変わります」

ここは、あえて曖昧《あいまい》に答えることにした。

「じゃあ、集団で同じ屋根の下で過ごしている宦官や医官様に可能？」

「いや無理ですね。宦官で一人部屋を持つのは上位の者だけだし、その部屋もそう広くはありません。医官の部屋は全て一人部屋ですが、皆知識がありますから、匂いで気づかれるのが関の山です」

明渓はそうかぁ、と言って唇の端を少し上げた。

「でしたら残るは妃嬪の宮ね」

「！　まさか妃嬪が大麻づくりにまで関わっているると言いたいのか……ですか」

思わず口調が荒くなってしまい言い直す。しかし、明渓はそんなことを気にする素振りは全く見せない。

「ええ、だってそれしか考えられないもの。それから、もう一つの手掛かりは金木犀ね」

「金木犀？　それがどうして関係あるのですか？」

「男達に会ったあの時、金木犀の香りがしたわ。でも、あの場所に金木犀の木はなかった。きっと大麻に金木犀の香りが移ったのよ」

俺は腕組みをして宙を見る。

「では話を纏めると、妃嬪の誰かが宮内で大麻を栽培し、加工までしている。そしてその妃嬪の庭には、金木犀の木が植えている」

「あぁ！　そういうこと。さすが医官見習い。頭がいい！」

明渓がわざとらしくパチンと手を叩く。何だろう。褒められているのにちっとも嬉《うれ》しくない。

「あっ、そういえば先日お茶に誘われて行った美玉様の庭でこれを見つけたの。金木犀が綺麗な素敵なお庭だったわ」

にこりと笑いながら懐紙を取り出すと、俺の前にすっと置いた。開いてみると中にあるのは、大麻の葉っぱだ。

「変わった葉なので採ってきてしまったの。僑月にあげるわ」

それだけ言うと、明渓はすっと立ち上がり両手いっぱいの本を抱え立ち去っていった。

残された俺は、片肘《ひじ》をついて顎を載せながら、もう一方の手で大麻を摘《つま》みあげた。

これで東宮に良い報告ができる。

「しかし、これは俺の手柄なのか？」

思わず溢《こぼ》した本音がやけに蔵書宮に響いた。何だか、掌《てのひら》で転がされた気分だ。だけど、それがやけに面白くて心地良い。これでは益々《ますます》目が離せないではないか。

6　簪

僑月に大麻を渡した数日後に、美玉《メイユー》の宮に刑部の武官が立ち入ったという話が後宮内を駆け巡った。

大麻の葉だけなら、知らずに植えたと言われればそれまでだ。かと言って、明渓自ら中級妃の宮に乗り込み、決定的な証拠を掴むことはできないし、したくない。そこで僑月を誘導し、大麻の葉を預けた。

そこまではうまくいったはずなのだ。

「あれで窓辺に置かれる怪文書がなくなると思ったのに」

何故かなくならない。最近では読むのも面倒になりそのまま屑箱に入れているけれど、いつまで続くのか大変煩わしい。

そんな明渓が向かっているのは蔵書宮ではなく、美玉がいた宮だ。あれから庭がどうなったか気になり覗きに来た。勿論着ているのは侍女の服だ。

庭の北側から薮は一掃され土は掘り返されている。色鮮やかな秋薔薇が、色褪《あ》せて見えたのはどんよりとした空のせいだけではないだろう。

明渓はそれを確認すると踵《きびす》を返し、いつものように蔵書宮に向かったのだが、少し行ったところで道の端に植えられた低木の下を覗き込む妃に出会った。チラリと見えた顔には焦燥が浮かんでいる。

「何か落とされたのですか？」

気づけば声をかけていた。困った人を見るとついつい声をかけてしまうこの性格のせいで、厄介事に巻き込まれてしまうことも珍しくない。

「簪《かんざし》を落としたのですが見つからなくて、紅石《ルビー》によく似た宝石がついている銀の簪なのですが、あなた見かけなかった？」

少し気の弱そうな妃嬪が涙目で聞いてきた。どうやら無くした簪は相当大切な物らしい。

「見てはおりませんが、私も一緒に探しましょうか？」

「本当？　助かるわ。連れてきた侍女は宦官の詰所に行ったから一人で心細くて」

「？　詰所に何をしに行ったのですか？」

「別の方が落とした簪を見つけたのでそれを届けるついでに、私の簪が届いていないかを聞きに行ってくれたの」

　南にある宦官の詰所には、後宮内の落とし物が届けられ半年ほど保管されるらしい。それにしても、と明渓は涙目になっている妃を見る。

「随分大切な簪だったのですね」

「ええ、帝から先日賜ったばかりだから」

　それは大変だ。魅音から聞いた話では昔、帝から送られた扇子をなくし不敬罪として後宮を去った妃がいたらしい。もし贈られたら絶対に失くさないようにと念を押されたが、そんなこと起こるはずがないと高を括《くく》っている。

「宜しければ簪についてもう少し教えて頂けませんか？」

　会ったばかりなのに親身になって探そうとする明渓に心を開いたのか、妃は詳しく話し出した。

「昨夜、貴妃様に呼ばれて一緒にお酒を飲んでいると、急に帝が来られたの。なんでも遠方から戻ってきた方に、簪やら香やらを沢山貰ったから、貴妃様と侍女達に贈ろうと思い来られたそうで」

なるほど。貴妃の侍女となれば帝から香を賜ることがあるらしい。帝から何も賜ったことがない妃嬪も多い中、それはなかなか凄《すご》いことだろう。

「それで、たまたま一緒にいた私にも簪をくださったの。今朝侍女が勧めてきたので挿したけれど、散歩をしている間に落としてしまって。そっくりな銀の簪を見つけたと思ったらついていた宝石が青色だったし。いったい、私の簪はどこにあるのかしら」

明渓はその言葉に首を捻る。

（そっくりな銀の簪がそんなに都合よく落ちているものだろうか）

その時、パタパタとこちらに向かって走ってくる音がした。

「領依《リョウイ》様、こちらにいらっしゃいましたか。雪花《シュファ》さんから簪を探すのを手伝うよう言われて参りました」

「春鈴《シュンリン》、あなたが来てくれたの。今、こちらの侍女も探すのを手伝ってくれていて……あら、名前を聞いていなかったわね」

「明渓と申します。あの、雪花さんとは簪を届けに行かれた方ですか？　その方は今どちらに」

どうせ自分の名前なんて知られていないだろうと本名を名乗った。案の定、この二人は明渓が妃嬪であることに気づいていない。

「やりかけた仕事があるからと、宮に戻ってきたわ。代わりに私に行くようにと言ってきて。こんな一大事に何を考えているのか」

雪花の態度に不快を露わにしながら小柄な侍女が教えてくれた。

「春鈴さんはなくした銀の簪を見たの？」

「勿論。領依様と一緒に貴妃様の宮に行ったのは雪花さんだけれど、侍女は昨晩のうちに全員簪を見たわ。赤い宝石が付いた豪奢《ごうしゃ》な簪よ」

ちょっと得意気に言うのは自分の主《あるじ》が帝から簪を賜ったからだ。そしてこれが侍女としての普通の反応といえる。

（主が帝から賜った簪をなくすなんて一大事に宮に帰るなんて、主を蔑《ないがし》ろにしすぎじゃないかしら）

人ごとながら明渓も眉間《みけん》に皺を寄せる。叔母の話によると、身分の高い家から侍女としてきた者の中には主を蔑ろにし、あわよくば自分が寵愛を得ようとする者がいるらしい。雪花という侍女はその類いかも知れない。

（だとしたら……）

気になるのはそっくりな銀の簪。偶然にしてはあまりにもでき過ぎている。しかも赤い宝石と青の宝石というのがなんだかひっかかる。

「領依様、その簪を賜ったのは夜ですよね」

「ええ、そうよ」

「朝、簪を挿したと言われましたが、その時簪の宝石の色は何色でしたか？」

「勿論、赤色よ」

当たり前だとばかりに領依が言い、隣で春鈴が頷いた。

「では、その時灯りはどうされていましたか？」

今度は「灯り？」と呟き領依は首を傾げた。暗ければ何も言わずに侍女達が用意するので記憶にないのだろう。代わりに答えたのは春鈴だ。

「灯りはつけていたわ。今日は曇りでしょう。領依様の部屋は南向きだけれど、東側に木があるので朝は日差しがあまり入らないの」

「ではその部屋以外で今朝、簪を見た？」

「さあ？　私は見ていないけれど」

（それなら……）

明渓は人差し指で、細い顎をトントンと叩き始めた。宙を睨《にら》み頭の中にある本を捲っていく。どうしたのかと二人が見守る中、指がピタリと止まった。

「領依様、簪がどこにあるのか分かりました。今から取りに行きましょう」

「えっ？　取りに？」

領依と春鈴が顔を見合わせる。明渓はにこりと微笑み踵を返すと南へと向かった。

宦官の詰所としては一番大きな建物がそこにある。引戸を開けて中に入ると、数人の宦官がこちらを向いた。その内の一人が素早く立ち上がり領依のもとへ向かう。

「領依様、どうされましたか?」

領依は困ったように明渓を見る。見られて明渓は一歩前に出た。

「先程こちらに簪の落とし物が届きませんでしたか? 銀製で青い石がついたものです」

「あぁ、それなら侍女が持ってきたよ。長い髪を下ろし、ずっと俯《うつむ》いていて挙句にどこに仕えているかも言わずに立ち去っていったがな」

宦官はそういうと戸棚に向かい、小さな箱を持ってきた。

「高価な落とし物はこちらに入れているんだ」

そう言い蓋をあけると、扇子や耳飾り等と一緒に布に包まれた銀の簪が入っていた。この建物、南側に窓が多いせいか曇りにも関わらず日当たりは悪くない。少し鈍い日の光の中で取り出されたその簪は、細かな彫りものが美しく、先には青色の石がしっかりと嵌められていた。

明渓はそれを手に取り宝石の留め具を見る。六本の爪で止められたそれは、無理矢理こじ開けられた形跡もなければ緩んでもいない。

「申し訳ありませんが灯りを用意して頂けませんか？　それから窓に幕をしてください」

侍女の言葉に宦官は渋い顔をするも、領依が頼むと掌《てのひら》を返したように準備をしてくれた。明渓は暗がりの中、用意された提灯《ちょうちん》を手に取る。

「領依様、確認いたしますがこちらの簪、銀細工の部分は帝から賜ったものとよく似ているのですね」

「ええ、そっくりよ」

「でしたら、これをご覧ください」

明渓はそう言うと、青の宝石がついた簪を提灯の灯りの下へと持っていった。

「えっ!?」

領依や春鈴だけでなく、その場にいた宦官までもが思わず声を上げる。

「明渓、これはどういうことなの？」

簪についていた宝石が青から赤に変わっていた。領依が口を半開きにして目をパチパチとさせる。

「この宝石は金緑石《アレキサンドライト》と言って光によって色が変わります。昨晩、領依様が帝からこれを賜ったのは夜でした。提灯や行灯《あんどん》の灯りでは金緑石はこのように赤色に見えます。

しかし、……」

明渓はそれを窓まで持っていくと、幕を開ける。曇りながらも弱い日の光が差し込み、赤い宝石は青く色を変えた。

「日の光の下では青色に見えるのです」

「……ではその簪は」

「はい領依様の物でございます」

明渓はそれを日に翳《かざ》しながら答えた。本では読んだことがある。でも実際に見るのはこれが初めてだった。

(綺麗……こんな珍しい物が見られるなんて、後宮って凄《すご》い！)

思わず口元がにんまりと緩む。別段宝石に興味があるわけではない。田舎にいたら本でしか知ることができなかった宝石を実際に見られたことが嬉しいのだ。

「……明渓さん？」

春鈴に名前を呼ばれればはっとする。

(いけない、つい夢中になってしまった)

明渓は慌ててそれを領依に渡す。領依はほっとした様子で感謝の言葉を何度も口にしたけれども、その顔には複雑な影が浮かんでいた。それは春鈴も同じだ。明渓はそのことに気づきながらも、話がどこの宮の侍女かに及んできたので、言葉を濁し素早くその場を後にした。


　日が暮れかけた道を蔵書宮に向かいながら、胸にざわりとしたものを感じる。

（一緒に外出した雪花は、あの宝石が日の光で色が変わるのに気づいていたはず）

　髪に挿した簪は本人からは見えないけれど、隣を歩く侍女が気づかぬはずがない。

　つまり、雪花はあの簪の宝石が赤から青に変わるのを知っていた。

（簪は本当に落ちたのだろうか。気づかれぬよう髪から抜き、妃に落としたと思わせる。そして、青い宝石のついた簪を見つけた振りをしてそれを届ける。届けたあとは、帝から賜った簪を落としたという噂《うわさ》を広め、頃合いを見て詰所に取りに行き、今度は自分が見つけたという噂を流す。日の当たる時間に取りに行けば、宦官もそれが赤い宝石の簪だとは気がつかないはず）

　噂が噂を呼び、簪を見つけた侍女に帝が目を留めるかも知れない。そんな僅《わず》かな可能性のために、主を貶《おとし》めるのも後宮の一つの側面だ。

　そこまで考えて明渓は頭をぶんぶんと振った。初めて会った明渓が気づくぐらいだ。雪花の性格を知っているあの二人も気づいている。これ以上は関わるべきではない。

（私の目的は地味に目立たず蔵書宮の本を読み尽くすこと）

そう心に誓い、蔵書宮に向かう歩みを速めた。

7 きのこ（前編）

ひっそりとした蔵書宮は足音がよく響く。できるだけ鳴らぬよう気を遣いながら棚の間を縫うように歩いて行く。読んでしまった棚を通り過ぎ、次は何にしようかとうろうろしていると、生薬の棚に行き着いた。

しかし、そこは横目で見ながら素通りする。何でも試したがる明渓の性格を心配した両親が、医学に関する本だけは読むなと口を酸っぱくして言い続けたからだ。

後ろ髪を引かれる想いで通り過ぎ、次の棚を覗くと、珍しくそこに人がいた。本好きが私以外にもいたと親近感を抱き近づくと、先日出会った春鈴だ。年齢は二十歳ぐらいだろうか、小柄な身体で背伸びをして棚を左右に移動し、本を探しているようだが、何だか顔色が悪そうに見える。

その様子が気になり、気付けばやはり声をかけていた。

「春鈴さん、どうしたの？　顔色が悪いようだけれど気分が優れないの？」

春鈴はいきなり声をかけられ一瞬身体をぴくりとさせたけれど、明渓だと気付くと青い顔で口元に少し笑みを浮かべた。

「明渓さん、先日はありがとう。少しお腹がいたくて、それで……」

春鈴はそこで言い淀《よど》むと目線を彷徨《さまよ》わせた。明渓は、はてと首を傾げる。お腹が痛いのであれば医官を呼ぶなり医局に行けばよい。どうして蔵書宮にいるのかと、先程まで春鈴が見ていた棚に目をやるとピンとくるものがあった。

「……何か食べた？」

肩がビクッと動く。ついで気まずそうに眉を下げる。明渓は目の前の棚からきのこの本を一冊取り出すとぱらぱらと捲りはじめた。ちなみに両親からはきのこについて調べることも禁止されていたが、今は人助けのためだと心の中で言い訳をする。

「きのこには毒をもっている種類があると聞いたことがあるけれど」

「知っている。昔きのこ取りに行ったことがあるから。その時見つけたのと同じ物があったから懐かしくてつい」

最後の方は小さい声でもごもご話すと、恥ずかしそうに下を向いた。明渓はさらに幾つか本を取り出すと、近くにあった椅子に春鈴を座らせる。

「どれだか分かる？」

明渓はきのこの絵が書いてある箇所を開いて置いた。春鈴は暫く見た後、紙を一枚一枚捲っていく。その様子を隣でじっと観察するも、指先が震えていることもなければ、脂汗も掻《か》いていない。呼吸の乱れもなく、熱もなさそうだ。

「これかな。ちょっと自信がないけれど」

春鈴が指差したのは「かきしめじ」だった。

本によると、木の下に生えることが多く、一寸から三寸の傘は栗褐色や薄い黄褐色から赤褐色までいろいろあるらしい。小さな椎茸《しいたけ》やしめじに似ていて、間違って食されることも多いきのこ中毒の定番のようだ。症状としては、食べて一刻後ぐらいに頭痛を伴う嘔吐・下痢・腹痛などが起きると書いてある。

「痛みは落ち着いてきている？　それとも酷《ひど》くなってる？」

「大分落ち着いてきたわ。きのこには数日後に酷くなる物もあるって聞いていたから心配になって。でも食べたのがこれならそこまでの心配はいらなさそうね」

腹痛だけで終わるなら下痢止めを処方してもらうより、水分をとりながら毒を出し切った方がいいかも知れない。ただ、食べたのがこれだという確証はない。

「念のため、食べたきのこを採った場所に行ってみない？　本当にこのきのこか確認したほうが良いと思うの」

「いいの？　この前も助けてもらったばかりなのに時間は大丈夫？　それに妃嬪の中には、自分の侍女が他の宮の侍女と親しくするのを嫌う方もいらっしゃるけれど、私を助けて明渓さんが怒られたりしない？」

「私がお仕えしている方は寛容だからそのあたりは全く問題ないわ。それよりきのこのあった場所は目立つ所かしら？」

お仕えしている主はいないけれど、魅音に知られたらお小言が待っている。目立つ場所を他の侍女と歩くわけにはいかない。

「東の端の木が生い茂っている所だから、目立たないと思う」

「それなら大丈夫。私が少し後ろを歩くから、先を歩いて案内してくれる？」

明渓はそう言うと机においてある本を全て抱え立ち上がった。


「ここだよ」

春鈴が指さす場所には、先程本で見たきのこが数株生えていた。明渓は記憶の中の絵と照らし合わせ、春鈴は本を広げ絵と目の前のきのこを交互に見る。

「……間違いないね」

「うん」

二人は顔を見合わせ、ほっと一息つく。食べたのは毒きのこだけれど、症状も軽くなっているので問題ないだろう。聞けば食べたのも少量という。春鈴は、まだ少し青い顔色ながら、安心した表情を浮かべるとゆっくり立ち上がった。

「ありがとう。あなたには二度も助けられたわ。もし、明日になっても治らなければ医局に行くから大丈夫。私はそろそろ戻らなきゃいけないけれど、明渓はどうする?」

「私はもう少しここにいるわ」

名前から敬称が消えている。明渓が、嬉しそうに笑いながら答えると、春鈴はもう一度礼を言って宮へ戻っていった。

(さてと、どうしよう)

明渓はきのこをじっと見る。

(少しなら大丈夫だと思う)

指先で突いてみる。

(春鈴だってお腹が痛いだけだったんだ。飲み込まずに味見だけして吐けばきっと大丈夫)

根拠なくそう思って摘み取ろうとした時、後ろから急に名を呼ばれ明渓は小さく飛び跳ねた。

8　きのこ(後編)

(うーん!　回復した)

俺は寝台の上で伸びを一つしたあと、起きあがった。高熱のせいで、ここ数日まともに食事を摂っていないので少しふらつくが、熱は殆《ほとん》ど下がったようだ。

扉を叩く音がしたので、返事をすると韋弦が入ってきた。

「お身体はどうですか？」

「もう大丈夫だ。今日から仕事に出る」

「もう一日休まれてもよいのですよ」

「医官見習いがそうもいかないだろう。それに、俺の持ち場はまだ手付かずだろう？」

秋の後宮にはきのこが生える。

食べることが出来るものもあれば、食べたら死ぬものもある。後宮にいる者には毒かも知れぬから食べないよう伝令は出しているが、中途半端な知識で食して腹を壊す者が必ず数人出る。

そこで、医官はこの時期になると担当の場所を割り振られ、毒きのこの採取を命じられる。後宮は広いので、一人あたりの持ち場もそれなりの広さになる。

「ですから、僑月様の持ち場は私が致します。まだふらついているではありませんか」

「腹が減っているだけだ、問題ない。それにお前が俺の持ち場をするのは立場上おかしいだろ」

まだ何か言おうとする韋弦を部屋から追い出し、身支度を整え数日ぶりにしっかりと食事を摂る。腹が膨れた分元気も出てきたので、籠《かご》を背負い持ち場に向かうことにした。途中までは韋弦もついて来るという。まったくもって過保護だ。


目的地は後宮の東の雑木林。木々が生い茂り日陰が多い上にじめっとしているので、きのこにとっては最高の繁殖地だ。ざっと見た感想としては、このあたり危険《やばい》なの多くないか?だ。明らかに鮮やかな色のきのこは勿論、食べられるきのこと見分けがつきにくいものもある。そして食用のきのこも沢山あった。

「明渓にあげたら喜ぶだろう」

思わず呟くと、韋弦が隣で眉を下げ首を振る。

「後宮の庭で採れたきのこを盗み食いするのは侍女や宦官です。妃嬪が口にすることはありません」

「うまいぞ」

「そういう問題ではありません。だいたい、僑月様は女性《にょしょう》のことをあまりご存じないのですから。東宮にも言われたでしょうが勝手に文など渡してはいけませんよ」

なんだか説教が始まった。五月蝿《うるさ》いし、面倒だ。

「あー、分かった分かった。だから、お前は自分の持ち場に行け」

手で追い払うようにすると、まだ何か言いたげにしながらも、西の方へと立ち去っていった。あいつの持ち場は中級妃が暮らす宮のさらに西側だ。そういえば大麻に関わっていた妃も中級妃だったな、と思いだす。

帝がどの妃嬪を訪れるかは、勿論ご自身で決められる。その意思が宦官に伝えられ、昼過ぎまでには指名された妃嬪の宮の前に行灯が用意される。宦官から連絡があった妃嬪は、夕食の時間までに湯に浸かり、身を清め、侍女達は帝の食事や酒を用意する。

しかし、宦官が帝に妃を薦めることもある。そのため宦官と妃嬪、または侍女との癒着《ゆちゃく》は尽きない。その多くの場合は金銭または宝飾品が使われるが、時には自身の身を宦官に投げ出す侍女もいる。

勿論帝もそのような繋がりがあるということは分かっているが、明確な証拠がなければ罰することができないのが現状だ。

あの大麻を吸っていた三人の上司は、帝が後宮に来た際、お側に付く宦官の一人だった。東宮が帝に確認した所、最近美玉を頻繁《しきり》に薦めていたらしい。

その上司を調べると、芋づる式に大麻を吸っていた者が出てきたので全員処罰した。美玉は実家に帰され、実家も何かしらの処罰を受けるらしい。

今回のことで、東宮からお褒めの言葉をもらえたが内心複雑だ。あれは俺の手柄ではない。

そんなことを考えながら手を動かしていると、今見える範囲はほとんど採り終えた。時間もあるし、もう少し先まで採ろうとまだ少し余裕のある籠を背負い直す。

移動しながら、この数日特にきのこの食あたりは無かったはずだと報告書を思い出す。自分が担当だった場所で死人が出るのを避けたいのは医官共通の願いだ。

そんな時だった、明渓を見つけたのは。

「明渓様、何をされているのですか?」

急に声をかけられびっくりしたのか、明渓が小さく飛び跳ねた。

「……僑月は何をしているの?」

「毒きのこ狩りです。皆が口にする前に採ることになっています」

そう言って背中から下ろした籠の中を明渓に見せた。中は様々な種類の毒きのこで埋め尽くされている。

「あぁ～!」

明渓は籠の中身を見た途端、キラキラした目で歓声をあげ、両手の指を胸の前で組むとくるっと一回転した。

何だ、その可愛い反応は。澄んだ瞳は幼子のようではないか。見ろ、韋弦。きのこに喜ぶ女性だっているんだ。

「あの、僑月お願いがあるのだけれど」

「私に出来ることならなんでも仰《おっしゃ》ってください」

「籠の中のきのこを見せて欲しいの。全部‼」

無意識だろうが、明渓が俺の鼻先三寸の位置まで顔を近づけてきた。ふわりと香る甘い匂いに体温が数度上がった気がして、思わず視線をそらす。

「きのこを、ですか？」

とりあえず一歩下がりながら答える。

「うん‼」

にも関わらず、明渓がまた一歩前に出る。理由は分からないが見たいと言うならと思い、籠を下ろす。するといきなり手を突っ込もうとしてきた。待て待て。

「触れると危ないきのこもあります。私が並べていきますからそれを見てください」

「触っちゃだめ？」

なんだその上目遣い。可愛すぎるぞ。

「触って危ないのは別に置きます。そちらは見るだけにしてください」

明渓はコクコクと頷く。俺がきのこを並べると、それを手に取り名前や毒の症状をぶつぶつと呟きだした。やけに詳しい。俺より詳しいのではないだろうか。

そして匂いを嗅ぐと、いきなり口を開け、ガブリと……

「何してんだ！」

思わず怒鳴りながら、寸前で奪い取る。かなりギリギリだった。

「ちゃんと吐き出すから」

「駄目です」

「ペッてするから」

「言い方かえても駄目です。っていうか、毒って言いましたよね？　知っていますよね？　……何ですか、その可愛い膨れっ面は」

思わず最後に本音がもれた。でもいくら愛らしくても、医官として、いや人として毒きのこを目の前で食べさせる訳にはいかない。

「これは食べてはだめです」

もう一度念を押し、頷くのを確認する。きのこは籠からまだ全部出していない。少し迷うも、何をするか分からない明渓の動向に気を配りながら残りを出していく。

しかし、だ。隙を見てまた齧《かじ》ろうとする。なぜそうなる。

「駄目です」

「分かった」

幾度かそのやり取りと攻防を繰り返し、全てのきのこを出した時には二人とも息が上がっていた。

「ありがとう！」

頬を赤らめながら満足気に微笑む姿にとりあえず胸を撫《な》で下ろす。よかった、死人が出なくて。

そう言えば、美玉の件でまだ礼を言っていないことを思い出した。

「美玉の件では大変助かりました。ありがとうございます」

「あら、何のこと？　私は葉っぱを渡しただけよ。そういえば、刑部の武官がやけに早く動いたようだけれど、知り合いがいるの？」

「……まぁ、いるといえばいるような、いないような」

本当のことを言えずに口籠る俺を不審な目で見るも、すぐに興味が失せたようにはぁとため息をつく。

「それにしても、後宮というのは聞いていた話と随分違うようね。魑魅魍魎《ちみもうりょう》がうようよしているとは聞いていたけれど、大麻が出回っているとは思わ……」

「いや、出回ってないし‼」

後宮内で大麻を作っていたなんて前代未聞の出来事だ。まぁ、前半の魑魅魍魎は分からなくもないが。足の引っ張り合いや噂、妬《ねた》み、嫉《そね》みはそれこそ日常茶飯。明渓だっていつそこに巻き込まれるか分かったものではない。そうだ！　その時こそ俺が助けなくては。

「安心してください。あんなことは頻繁にありません。ですが、慣れない後宮は不安ですよね。私でお力になれることがありましたら、いつでも仰ってください」

「いつでも？　どうやって？」

明渓が不思議そうに目をパチパチする。確かに妃嬪と医官は必要以上に親しくなれない。困った時にすぐ連絡がとれる手段が必要だ。俺は懐から赤い手拭いを取り出すと、それを明渓に渡した。

「もし、私の助けが必要な時はこれを庭の木に括ってください」

「……括ったとして、それをどうやって僑月が知るの？」

「毎日私が見に行きます」

明渓の身体が音もなく遠のいた。なぜだ。隣にいたのに、今は手の届かない位置にいる。しかも毛虫でも見るような目で見てくる。

「あの……何か気に障る……」

「では、私はそろそろ失礼するわ！」

急に立ち上がる明渓を見て俺は慌てて手拭いをその手に握らせる。

どうして視線の温度が数度下がっているんだ？　あぁ、そうか！　後宮での生活に不安を感じているんだな。やっぱり俺がついてなきゃ。

「でしたら、宮まで送って行きましょう。この時間なら人も少ないので、林を突き抜けて行けば目立つことはありません」

「一人で大丈夫よ‼」

ぴしゃりと言われた。遠慮しなくていいのに。そして明渓は脱兎《だっと》のごとく走り去って行った。その後ろ姿に手を振りながら、明渓に贈るつもりのきのこがまだ手元にあることを思い出す。まぁいいか。また窓辺に文と一緒に置いておこう。

俺は籠を背負うとうーんと伸びをひとつした。

ところで文の返事はいつ来るんだろう。

9　宴

「明渓様！　分かっていらっしゃいますか？　これはまたとない機会ですよ」

朝から耳元で何度も同じことを繰り返す魅音に、明渓は眉を顰《ひそ》める。

そんな様子を知ってか知らずか、いや、多分知った上で魅音は衣装箱から次々と服を出し並べていく。机の上には所狭しと簪《かんざし》、首飾り、耳飾り、長いつけ爪まで用意されていて、鏡の前にもありったけの化粧道具がずらりと並ぶ。

年が明けたばかりのこの時期はすこぶる寒い。明渓としては、こんな日は布団から一歩も出ずに、寝転びながら本を読んでいたい。

でも、そうはいかないようだ。

入内から五ヶ月。今日は新参者の嬪達を集めて新年の宴が行われるらしい。出席する嬪は十五名。余興として、舞や二胡、唄を吟ずることになっている。そう、なっていたのだ。

（やばい、忘れていた）

「まさか、忘れていませんよね」

少し先から明渓を睨む魅音の目が怖い。あまりにも怖すぎて、口が裂けても忘れていたなんて言えない。ここは何とかして誤魔化さなくては、と握りしめた明渓の手に汗が滲《にじ》む。

「勿論、問題ないわ。でも何をするかはお楽しみ、ということで……」

「お楽しみ、ですか」

作り笑いの明渓を魅音が疑わしそうに半目で睨む。背後に渦巻く黒い雲が見えた気がして、明渓は思わず目を逸《そ》らした。

「ええ。あっ、魅音、少し練習をしたいから部屋から出てくれないかしら。衣装選びは任せるわ。それから化粧は自分でするから、こんなに沢山はいらないわ」

とりあえず、いや、かなり強引に魅音を部屋から押し出したあと、明渓は寝台の上で頭を抱えた。

(芸なんて必要？　やりたい人だけすればいいのに)

帝はお年のせいか、最近は昔からの馴染《なじ》みの妃の宮に通うことがほとんどだ。

今、後宮に集められているのは、親の出世の糸口にと送り込まれた娘や、中央との繋がりを強めたい地方高官の娘達ばかり。帝は時々つまみ食いはすれど、新参者の妃嬪にはおおよそ無関心だ。

そのため、集められた妃嬪達は、実は帝の息子達の妃候補だという噂が真《まこと》しやかに飛び交っている。皇子達が頻繁に後宮に出入りすることはないけれど、時折後宮で開かれる宴に顔を出すことはあり、それは妃嬪達にとって一大行事となっている。

そんな貴い方の諸事情はいったん置いといて、明渓にとって問題は今夜をどう切り抜けるかだ。あいにく不器用で、琴や二胡は全く弾けない。唄も下手ではないが宴で披露できる代物ではない。

人より秀でているのは、剣と弓と馬術というなんとも男前な代物ばかり。息子がいなかった父は明渓が武術をするのを何故か喜んだ。母は眉を顰めていたが、父の手前表立って反対するようなこともなかった。

(失敗をすれば魅音が恐ろしい。そうなると、残されたのは……)

あれしかないと結論づけると、明渓は実家からこっそり持って来た愛用の品を寝台の下から引っ張り出した。

宴は後宮の中にある広間で行われる。外は雪がちらついているけれど、広間の中は充分に暖かい。むしろ、これでもかと着飾った妃嬪達の熱気で暑いくらいだ。むせ返る香りの中、頭に複数の簪を挿し色鮮やかな衣装を纏《まと》った白く厚く塗り固められた顔で広間は溢《あふ》れていた。

(帰ってもバレないいんじゃない?)

そんな不届きな考えが頭に浮かぶ。

明渓の衣装は色鮮やかな緑に赤と黄色で鳳凰《ほうおう》の刺繍《ししゅう》が施されている。櫛《くし》は三本用意されていた中から一本だけを選んだ。侍女達は不服そうだったけれど、衣装を妥協したのだからと押し通した。化粧はいつものように元の肌より暗めの白粉をはたいたが、厚く下ろした前髪は魅音によって横に流され、形の良い瞳は朱で縁取られた。

帝が真ん中に、皇子達がその左右に座っている。嬪達が着飾った衣装と媚《こ》びた笑顔で芸を見せていくのを、帝は時には興味深そうに、時には飽きた表情を覗かせながら眺めている。皇子二人は興味があるのかないのか表情を崩さない。

狙いは東宮かと思っていたけれど、意外と皆の視線を集めていたのは第二皇子の青《セイ》周《シュウ》だった。

（確かに美丈夫だわ）

　明渓でさえそう思う。

　東宮の母は他界している。青周は、傾国の美女と言われた現皇后の一人息子だ。柳の眉にすっとした鼻筋、形のよい唇。切れ長の二重の目は少し無愛想にも見え冷たい印象を与えるが、そこが良いという妃嬪も多数いるらしい。髪はその上部だけを一つに布でまとめ残りは垂らしている。絹糸のような綺麗な黒髪に痩身な体型はとても武官には見えないが、この国屈指の剣の使い手だ。

　東宮は、意志の強そうな目が印象的で清周よりもさらに体格が良い。愛妻家で未だに妃は一人。この方がいずれこの国の頂に立つ。

　宴は進み、唄や二胡の音が絶え間なく響く。華やかなことこの上ないが、明渓は必死に欠伸を噛み締める。それでも意識が飛び始めた頃、魅音に肩を叩かれた。

　魅音の目が怖い。よだれが垂れているかと、そっと袖口で口元を拭う。ちらりと周りを見回した時、青周と目が合い身体がビクッとなった。形の良い唇の端が僅《わず》かに上がっている気がするが、明渓は気のせいだとやり過ごすことにした。

　そろそろ順番のようなので、懐の巾着から赤い紐《ひも》を取り出す。紐は四つ、それぞれに七個の鈴が付いていて、それらを足首に付けていく。手首にもいつものように片手と口を使って付けようとしたら、慌てた魅音によって鈴を奪われた。

明渓が舞台の上に立つと、それまで無表情だった東宮の目に興味の色が浮かんだ。

シャラン
四肢の鈴が鳴り響く。

カン
両手に持った模造刀を打ち鳴らす。明渓が演目に選んだのは剣を持って舞う演武だ。

片足を静かに上げる。緑の衣の下から赤い下服を穿《は》いた足が見えると、もう片方の足で床を蹴り軽やかに宙に舞い上がった。身体を捻り宙で独楽《こま》のようにくるりと回転する。着地と同時に、剣を振り抜き、早い足捌《さば》きで広間を縫うように駆け抜け、今度は前方に一回転。絶え間なく剣を動かし見えない敵を切り捌いていく。無骨な演武が、明渓の細く長い手足と、しなやかな肢体によって舞のような美しさに変わっていく。模造刀が反射する光が、朱で縁どられた目に妖艶な翳《かげ》りをもたらした。

帝達だけでなく、その場にいた妃嬪も思わず息を呑み、ぼーっとした表情で見入っている。

(気持ちいい)

明渓は音楽と剣を振る音が一体となっていく瞬間が好きだった。後宮にきてから思い切り身体を動かすことがなかったから、伸びた手足で空気を切る感覚や汗ばんできた身体さえ心地よく感じる。鳴り響く鈴の音の音律《リズム》に身体が溶け込んでいく。

そして最後に後方に一回転し片膝をつく。右手の剣を頭上に、左手の剣を前に突き出した所で鈴の音はやんだ。

しんと静まりかえる広間に明渓の荒い息遣いだけが微《かす》かに響く。どうしたのかと周りを見渡すと、前方の高貴な三人が皆興味深げに自分を見る視線とぶつかった。

明渓の顔からさっと血の気がひく。

(しまった、やり過ぎた)

後悔するも、もう遅い。明渓の平穏な読書生活はこの時静かに幕を降ろした。

10　宴の因果

(やばい、これはかなりやばいかも)

宴から帰ってきた後、着替えることはおろか、簪も挿したまま、ばたん、と寝台に突っ伏した。演武が終わった後の光景がまざまざと脳裏に蘇《よみがえ》る。

鎮まり返った広間、初めに手を叩いたのは東宮だった。ついで、帝、青周、そして嬪達が悔しそうに手を叩く。

「中々、素晴らしかった。剣はどこで覚えた？」

東宮が明渓に話しかけた。今宵初めて貴人が口を開いたことに会場がどよめく。人懐っこい笑顔を浮かべている東宮が、演武以外にも興味を持っているように見えるのは気のせいだと明渓は思いたい。

「従兄弟に教わりました」

必要最小限の言葉で返事をし、そのまま素早く立ち去ろうと一礼をした時だった。

「朕《ちん》も興味を持った。名は何と言ったかな」

帝の呼び止める声が広間に響き、途端に空気が張り詰めた。明渓はさらに深く頭を下げる。絶対に顔を見られないために。

「明渓と申します」

「年は」

「十七になりました」

それだけ答えると頭を下げたまま後退《あとじさ》りをし、席に戻った。素早く前髪で顔を隠すとずっと俯《うつむ》き気配を消すことに努める。しかし、周りからの視線はぐさぐさと突き刺さる。そのあとも宴は続いたが、結局帝が名前を聞いたのは明渓だけだった。

「明渓様、よくやりました。今朝はどうなることかと思っていたのですが、あの演武は素晴らしかったです。近いうちに必ずお通りがありますよ」

破顔とはこのことだ、と言わんばかりの笑顔で魅音は上機嫌だ。対して明渓はどんよりと肩を落とし、寝台に腰掛ける。

「そうかしら？　私より素晴らしい人は沢山いたわ」

「いいえ、明渓様が一番注目を集めていられました」

期待した答えは返ってこない。明渓は頭を抱える。

このままでは「ゆっくり書物を読んで四年で暇をもらおう計画」が台無しになる。お通りだけは、何があっても阻止しなくてはいけない。思わず子供のように足をばたつかせた。

（でもどうやって？）

バタンと寝台に突っ伏し、頭まで布団を被《かぶ》った明渓の頭に一人の少年の顔が浮かんだ。

＊

（赤い布が括られている‼）

俺が布を見つけたのは、毒きのこ採りから二ヶ月以上経った頃だった。あれから、毎日、毎日、雨の日も雪の日も桜奏宮に通い続けていた。

文を届けているのを韋弦に見つかり、今すぐ止めるようにとこっぴどく怒られた。何故だろう。いまいち納得はいかないが、文が駄目な今、明渓と俺を繋《つな》ぐのは赤い布だけなのだ。

だから布を見つけた時はかなり舞い上がった。勿論、そのあとも仕事をそつなくこなしたが、やけに韋弦が側《そば》についていて、やった側から手直しされていた気がする。やはり、あいつは過保護すぎる。

そして今、月明かりの下、毒きのこを採った場所で明渓を待ち続けている。気持ちが急《せ》いて、約束の時間より随分早くきてしまった。

冬の深夜ということもあり人っ子ひとりいないのは良いが、とにかく寒い。上着を何枚も重ねてきたが足元から冷気が這《は》い上がってきて、ぶるぶると震えが止まらない。

爪先の感覚がなくなってきたころ、カサカサと乾いた落ち葉を踏む音が聞こえた。振り返ると、臙脂《えんじ》色の綿入れに闇夜に溶け込むような黒い肩掛けをかけた明渓が走ってくる姿が見えた。

「お久しぶりです。何があった……」

「力を貸して欲しいの！」

言い終わらないうちに、明渓は悲壮な顔で俺の肩をつかみ涙目で叫んだ。

「……つまり、帝のお通りをどうにかして避けたい、と言うことですか」

コクコクと頷く。がっくりと肩を落とし途方にくれていて、いつもの元気がない。これは何とかしなければ。俺とて帝のお通りは阻止したい。しかしだ。

「そもそも、どうして後宮に来たのですか？　親に無理強いされたとか」

「いいえ、無理強いなんてされていないわ。むしろ自分から……その……」

なんだろう。どうにも歯切れが悪い。眉を下げ俺を見る困った顔も可愛いではないか。いや、違う。今はそれどころじゃない。

「誰にも言わない？」

「言いません」

「約束よ」

そう言って小指を立てると、ずいっと俺の顔の前に出してきた。意味が分からずその白く華奢《きゃしゃ》な指を暫く見た後、慌てて服で手を拭き自分の小指を絡ませた。

暫く手は洗わないでおこう。いや、それは医官らしくないと韋弦に怒られるか。

指切りを終えると明渓はぽつぽつと後宮に来た理由を話し始めた。それは俺の予想の斜め上をいくものだった。

次の日、俺は朱閣宮で東宮と向き合い座していた。東宮は茶を片手に、口を半分開けぽかんとした顔をしている。

「では、あの娘は本を読むためだけに後宮に来たのか……」

「はい、そのようです。それで、帝が明渓のもとを訪れることはありませんよね」

「あぁ、確かに帝は気に入ったようだが通うことはなさそうだ」

良かった。しかし、なんだ？　やけに歯切れの悪い言い方だ。

「他に何かあるのですか？」

「青周が気に入ったようだ」

ガシャ
手に持った湯飲みを思わず落としてしまった。服が濡れた気がするが、そんなことはどうでもいい。

「どうしてそうなるんですか‼」

俺がバンと机を叩いて立ち上がったものだから、侍女が慌てて駆け寄ってきて割れた湯呑みを片付け始めた。

東宮が苦笑いを浮かべながら、まあ座れと手を上下させるので仕方なく座り直すが、足先が床を苛立《いらだ》たしげに打ち鳴らすのは止められない。すこぶる気分が悪い。

「青周がどういうつもりで言っているのかは分からない。とりあえず帝には、お前が元服したら妃に迎えたがっていると伝えてみるか？」

「そんなことしたら、帝の興味を余計にそそりませんか？」

やはり自分が、と言い出しかねない。

「うーん。手放すのが惜しくなるやも知れぬな」

東宮が口をへの字にして、腕組みをすると、後ろから柔らかな声が聞こえた。

「あの、少し宜しいでしょうか？」

会話に入ってきたのは東宮の妃香麗《シャンリー》だ。腕に抱いている末娘の雨林《ユーリン》はすやすやと寝息を立てている。

「どうした、香麗？」

「いい案があります」

「なんだ？　言ってみよ」

「あなたが娶《めと》ればよいのですよ」

そう言って妃はにっこり笑う。

がたっと大きな音をさせ今度は東宮が立ち上がった。傍目《はため》に見てもみっともないほどの慌てようだ。

「おっお前、俺に側室を持てと言うのか？　妻はお前以外迎えるつもりはないと日頃から言っているだろう？　それとも、なんだ、俺の相手をするのが嫌になったのか」

香麗妃の肩を掴んでぐらぐらと揺らす。頭の簪が半分落ちかかり、雨林がふにゃっと声を出した。

「あなた、落ち着いてください。やっと寝たのに起きてしまいます。はい、ゆっくりと息を吸ってー」

言われた通りに東宮は深呼吸をする。そして肩から手を離し雨林の頭を優しく撫でた。

「では、どういう意味だ？」

ちょっと涙目だ。東宮の威厳はどこへいった。代わりに香麗妃は落ち着いて堂々としたものだ。

「本当に娶る必要はありません。娶る予定だ、で押し通すのです。私の立場もあるから、すぐにとはいわず、半年程かけて親しくなった後正式に娶るつもりだ、とでも言えば良いのです」

「なる程、それなら多少は時間が稼げるな。時が経てば帝の興味も薄れるだろう。しかし、青周にその誤魔化しがいつまで効くか……」

「誤魔化せなくなった時は、本人同士で話し合って貰えばよいでしょう」

「私が青周様と話すのですか？」

勝てる気がしない。相手は何もかも持っているあの方だ。考えただけで劣等感に押しつぶされそうになる。しかしとりあえず今はその方法しかなさそうだ。

「私も明渓さんに会えるのが楽しみだわ」

そう呟いた香麗妃は実に楽しそうだった。

11　東宮

（どうしてこうなったのだろう）

明渓は、両膝をつき顔の前で手を重ね頭を下げる敬服の姿勢を取りながらそう思った。僑月から帝のお通りは避けられたと聞いて安心したのも束の間。なぜか東宮の側室候補になっていた。確かに望みは叶えられたけれど、側室を望んだ覚えはない。

（あの医官見習い、私の話をきちんと聞いていた？）

要は本が読みたいのだ。高貴な方と関わり合いたくないのだ。それなのに、どうしてこうなった。怒りが顔に出ないように必死で取り繕ってはいるものの、頬がぴくぴくとひきつるのまでは抑えられない。

「但し、直《す》ぐに側室に迎える訳ではない。半年程この朱閣宮に通いながらお互いを知っていけば良いだろう」

豪快な笑顔でそう言う東宮を見上げる。横には美しい妃が座って何故か嬉しそうに明渓を見ている。

（笑顔が怖いんですけど……）

何故嬉しそうなのか解せない。僑月まで満足そうに微笑んでいるのは納得できない。

「明渓様、東宮はことを急く人ではありません。貴女が望むならいつでも側室候補から外してくれます」

僑月がそう付け加えるも、明渓の怒りは収まらない。しかし東宮からの話を断ることはできないので、半年限定の側室候補と割り切り引き受けた。

「それからひとつ頼みがある。この医官見習いとは、こやつが幼い時からの付き合いでな。最近になって体力づくりにと剣を振い始めたのだが、その相手をしてやってくれないか？」

「私が、でございますか？」

「そうだ。側室候補になったからには朱閣宮に来ることも増えるだろう。僑月も時折この宮を訪れるのでその時に相手をしてくれればよい。庭は広いゆえ好きに使っていいぞ」

明渓は小首を傾げる。どうして僑月が東宮と親しいのか。どうして剣の相手を自分がしなければいけないのか。疑問は沢山あるけれど、下級嬪の明渓に許されている返事はひとつだけだ。

「……はい、分かりました」

笑顔を貼り付けながらそう答え、横目でちらりと僑月を窺《うかが》うとこちらの気も知らずニコニコしている。明渓は初めて、自分の中に殺意が浮かび上がるのを感じた。

「それから、そのうち青周が訪ねて来るやも知れぬが、その時は会ってやってくれ」

「…………はい」

何故青周まで話に出てくるのか、そう問いかける気力は、明渓に既に残っていなかった。


数日後、肌を突き刺すような冷えた空気の中、朱閣宮に向かう明渓がいた。日は頭の上にあるが息は白く、指先は冷たい。

後宮の北門の前に立つのも、既に何度目かだ。門番も明渓の顔を覚えたようで、扉を開け中に入れてくれた。

朱閣宮に着くと、いつもはそのまま庭に行くのだが、今日は入り口で待っていたやや年配の侍女に居間に案内された。初めて東宮に謁見した部屋で、豪華な調度品があちこちに置かれている。しかし品があり華美すぎず全体が統一されているので、主の趣味の良さが窺えた。

「僑月様から少し遅れると連絡がありましたので、こちらでお待ちください」

侍女がそう言い出ていくと、一人残された明渓は部屋をぐるりと見回す。そこにはかつて本で見た絵や彫刻、骨董《こっとう》が並んでいる。勿論本物だ。

(これは、またとない機会なのでは?)

明渓は踊りそうになる足を落ち着かせ、ゆっくり深呼吸をすると、部屋の隅にある調度品に慎重に近づいて行った。

(素晴らしいわ! これは三百年程前に任海《ジンカイ》によって作られた壺ね。これ一つで平民の一生分の銭をゆうに超える一品。しかも、この鮮やかな赤は晩年病に倒れる前に作られたもの。…あぁ、こちらの水墨画は仙流《センリュウ》による掛け軸ね。この筆使いは初期の頃の物。墨の濃淡がまだまだだけれど、若さ故の躍動感が素晴らしいわ)

明渓は、次々と調度品を見てはぶつぶつと呟く。本で見た一級品を、自分の目で見ることができるなんて信じられないと、頬は緩みっぱなしだ。特に骨董品に興味があるわけではない。本で知ったものが目の前に実際にある、それが嬉しいのだ。

「あぁ、ずっとこうしていたい」

思わず声に出しくるりと回った時、いつの間にか来ていた僑月と目が合った。気まずい空気が流れる。

「……失礼しました。いつからいたの?」

こほん、と咳をひとつ。慌てて体勢を整える。

「私のことは気にしないでください」

「いえ、そういう訳にはいかないわ」

「そうですか？　私はいつまでも見ていられますけど」

「何を見るのか聞いてもいいかしら？」

明渓は眉間《みけん》に皺を寄せ半目で睨《ね》め付けるが、僑月は意に介さない様子で笑った。


場所を変え二人は模造刀を持ち、庭で向かい合って立つ。最初に動き出したのは僑月だ。刀を頭上から振り下ろす。それを、最小限の動きで明渓が受け止める。

「振りが大き過ぎる！　胴がガラ空きよ」

そう言って刀の向きを横に変え胴を切りつけると同時に指示する。

「後ろに飛んで」

僑月が言われた通りに動く。

「次に着地した後、右斜め前に踏み込み、私の膝をめがけて刀を振るう！」

明渓はその刀を軽く飛んで躱《かわ》す。着地と同時に前に踏み込み、僑月の首一寸手前のところで刀を止めた。

もう幾度となく、こんなやり取りを続けている。今日もすでに半刻《一時間》以上剣を振り続けた。

「少し休憩しましょう。息が上がっているわ」

そう言って明渓は剣を下ろした。息ひとつ乱れていない明渓に比べて僑月は肩を上下させている。

庭に置いている長椅子に二人並んで腰掛けると、侍女が持って来た少しぬるいお茶を僑月は一気に飲んだ。

「誰に習ったか知らないけれど、基礎はできているわ。ただ、攻撃されることを頭に入れないと、隙が多すぎる。それから」

そこまで言うと、明渓は身体の向きを変え僑月と真正面から向かい合い、厳しい顔をした。

「基礎体力が圧倒的に足りない‼」

僑月が病気がちだったことは聞いている。でも、剣術をする上でそれはいい訳にならない。明渓が女であることをいい訳にできないように。

「走り込みや、腹筋、素振り等を毎日行いましょう。腹筋百回、素振りも百回から始め慣れたら回数を増やして行くというのはどう？」

「百回ですか」

僑月の頬が引きつる。

「ええ、ちょっと少ないぐらいから始めましょう。初めから無理は良くないわ」

「少ないぐらい……」

げんなりとした顔をしながら僑月が呟いた。

「ところで、明渓様はどうやって武術を学ばれたのですか？」

「きっかけは演武の書よ」

「書、本ですか」

「その本に描かれていた型がとても綺麗で、やってみたくなって覚えたの」

「型、を覚える……」

「そう。手の角度や足の向き、跳躍の高さ全部覚えて真似《まね》したわ」

「………」

僑月の表情がピキッと固まるが、明渓は気にもせず話を続ける。

「そのうち、年上の従兄弟が稽古をつけてやるって言ってくれて、本格的に剣を習い始めたの。元々身体を動かすのは好きだし、父も反対せず笑っていたしね」

叔父が武官だったことから、従兄弟以外にも武官相手に稽古をすることもあった。もともと筋が良かったのか、今では武官に勝てるほどの腕前になっている。

その話を聞いた僑月は暫く宙を睨んだあと、いつになく真剣な目を明渓に向けてきた。

「もし、私が貴女に勝ったら一つ願いを聞いてもらえませんか？」

「何故？」

「ご褒美があれば人は頑張れます」

そう言ってニカッと笑う僑月の顔はどことなく東宮に似ていた。

自分の気持ち《モチベーション》のありようは基本、当人がどうにかすべきだと明渓は思っている。しかし、その真剣な眼差しを無下《むげ》に断るのは忍びなく思えた。側室候補という微妙な立場になったとはいえ、僑月がいなかったら、今頃帝のお通りがあったかも知れない。そう考えれば僑月に借りがあるとも言える。

「……私に出来ることであれば」

渋々口にしたこの言葉を、後々明渓は後悔することになるのだが、それはまだまだ先の話だった。

12　音

朝起きると雪が積もっていた。分厚い綿入れの上からさらに毛糸で編まれた肩掛けを頭からすっぽりと被り、明渓は今日も朱閣宮に向かう。

まだ二ヶ月しか経っていないけれど、もともと筋が良いのか僑月の腕前はかなり上がってきた。体力については一朝一夕につくものではないけれど、以前に比べればここなせる練習量も増え、本人もそれが嬉しいのか今日も熱心に剣を振っていた。

ただ、気付くと妙に潤んだ瞳と緩んだ表情で見つめられていることがあり、明渓としては大変居心地が悪い。

数日に一度、一刻程の練習のあとは、お茶と点心を頂く。

最近では香麗妃や公主達も加わることもあり賑やかだ。長男がいないのは帝王教育が始まっていて留守がちだからだ、と教えてくれた。

明渓はお茶の後も公主達の遊び相手をするので、今ではすっかり打ち解けている。

しかし、僑月は仕事があるのでゆっくりはできない。それなのに、なんだか名残り惜しそうにグズグズと居座るので、まだ点心が食べたいのかと、明渓はこっそり自分の分を握らせたりもした。

しかし、今日は少し違った。仕事が休みだから桜奏宮まで送る、と言ってきた。勿論明渓は丁重にお断りした。何度も何度も。それなのに、香麗妃までが送って貰えば良いと、熱心に僑月を後押しするので、断りきれず送って貰う羽目となった。

皇居の南に後宮がある。朱閣宮は皇居の中でも南側にあり、皇居と後宮を隔てる門までは充分歩いて行ける距離だ。

勿論、妃嬪がその門をくぐることは禁じられている。明渓には東宮の権限で決められた日、時間だけ特別に許可が出ている。

それは異例のことなので、少しでも目立たないようにと侍女の姿で出入りをしている。ただ、もう帝に目をかけられることはないらしいので、前髪は軽く流し、色の濃い白粉もはたいていない。透き通るような白い肌と、くっきりとした扁桃《アーモンド》のような目は帝でなくても人を惹きつけるのだが、その自覚はないようだ。


二人は門を出ると、人気のない東側の雑木林を歩く。夏場には生い茂った木が木陰を作り涼しく、こっそり休む者もいると聞くけれど、冬は陽が届かずすこぶる冷え込む。その上、今日は雪で足元まで悪い。殆ど足跡のない雪の上を歩きながら、それでも幾つかある足跡を見て、こんな所をわざわざ通る人もいるのだと他人事《ひとごと》のように思っていると、何やら人影が見えた。

「……誰かいますね」

僑月が訝《いぶか》し気にその人影を見る。

氷が厚く張った池の縁に、小柄でまだ幼い顔立ちをした侍女が、ポツンと立っていた。

後宮は案外広い。幼い侍女なら道に迷ってしまったのかも知れない。明渓は少し足を早めその侍女に近づいた。

「こんな場所でどうしたの？　道に迷ったのなら大通りまで送るわ」

「……いえ、そういう訳ではないのですが」

なんだか不安そうにおどおどとし、目線が落ち着かない。明渓は周りを見るが、辺りは一面の雪景色。木々と雪と氷以外何もない。

「では、こんな所で何をしているの？」

小首を傾げ問いかける。稽古の邪魔にならぬよう後ろで一つに束ねた髪がその仕草に釣られるように、さらりと揺れた。

「私、幽霊の音が聞こえるんです」

「……幽霊、ですか……」

ちょっと、いや、かなり予想外の答えが返ってきた。

明渓は僑月と顔を見合わせる。これは関わってはいけないヤツだ。

（ここは、無難にやり過《スルー》ごし立ち去ろう）

僑月にそう目で訴える。力のこもった視線を受け、僑月は頬を微かに赤らめ頷くと
……

「どういうことだ？」

その侍女に問いかけた。

（使えない）

明渓が僑月の足を思い切り踏みつけたのも仕方がないだろう。

＊

何故足を踏まれたのだろう。

それはともかく、その侍女は珠蘭《シュラン》と名乗った。そして言葉を選びながら話してくれた内容によると、彼女は昔から人より耳が良く、他の人には聞こえない遠くの声が聞こえるらしい。今では慣れ聞き流す術《すべ》も身につけたが、噂話に溢れる後宮では聞きたくない話がやけに耳に入り、煩わしいらしい。確かに十二、三の侍女には刺激の強い話だったのだろう。

それで、静かな場所を探しこの池を見つけたらしい。しかし、冬の寒さが厳しくなる頃から、剣を交わすような音が時折聞こえるようになったという。

「この場所から聞こえるのに、誰もいないのです」

怯《おび》えるような表情で周りを見回す。怖いなら来なければ良いと思うのだが、気になって仕方がないらしい。好奇心は明渓並みに強いようだ。

「だから、幽霊の音という訳か」

俺の言葉に珠蘭は大きく頷いた。

明渓は話の途中からやけに前のめりになり、今は何やら考えこんでいる。人差し指で顎をトントンと叩きなが、池の周りをうろうろしていたかと思えば、その縁にしゃがみ込んだ。服の裾が雪について濡れてしまっているが、気にするそぶりはない。

俺は側に行き、その目線の先を追ってみる。凍りついた池の表面には小さな亀裂が走って、所々氷が盛り上がっていた。暫くそうしていたけれど、雪に埋もれたつま先の感覚がなくなってきて、このままだと俺も明渓も風邪を引きそうだ。

「……とりあえず、今は聞こえないんだよな?」

問いかけると、珠蘭は小さく頷いた。寒さで鼻の頭が赤くなっている。

「それなら、今日は幽霊はいないんだろう。明渓様、風邪をひかれる前に帰りましょう」

俺がそう口にした途端、珠蘭が慌てたように頭を下げた。

「申し訳ありません。妃嬪とは知らず無礼な口を利きました」

小さくても、ちゃんと侍女としての立場はわきまえているようだ。

「大丈夫、気にしないで。こんな格好をしている私が悪いのだから。ただ、私が侍女の姿でいたことは誰にも言わないで欲しいの。あなたの主にも」

主にも黙っていろ、と言われて幼い侍女は明らかに戸惑っている。ここでは主従関係は絶対なのだ。

明渓は立ち上がり珠蘭に近づくと、悪戯《いたずら》な笑みを浮かべた。

「そうしてくれたら、音の正体を教えてあげる」

その言葉に珠蘭の顔がぱっと明るくなった。

「分かるのですか？　幽霊が何者なのか」

急に目を輝かせる珠蘭に、明渓は形のよい目を細めながら頷いた。そしてすっと池を指差す。

「音の原因はこれよ」

そう言うと、キュッキュッと雪を踏み池の縁まで再び歩み寄る。次にしゃがんでコンコンと分厚い氷を叩いた。

「氷は気温によって、膨張と収縮を繰り返すの。あの辺りを見て。少し氷が盛り上がっているでしょう。あれは氷が膨張した時にできたものよ」　明渓が指差したのは、先程じっと見ていた場所だ。一尺ほど氷が盛り上がっている。

「そして、その際音が鳴ることがあるらしいわ。何でもその音は剣を交える音に似ているとか。音ははっきりと聞こえる場合もあれば、微かにしか聞こえないこともあるそうよ。この池の大きさなら、鳴ったとしても普通は分からないぐらい微かな音だと思う」

「氷の音だったのですか！」

明渓の説明を聞いた珠蘭は、心底ほっとしたような笑顔を見せた。そして何度も頭を下げ礼を言うと大通りの方へと立ち去っていった。

さて、俺達も帰るか。と明渓を見れば池の近くの石に腰をかけている。俺は寒さと明渓を天秤にかける……までもなく明渓を選ぶと、冷え切った石の上に同じように腰を下ろした。

しかし、待っても待っても音は鳴らない。

「聞こえませんね」

「帰ってもいいのよ」

「いえ、一緒にいます」

「……帰ったら？」

明渓は帰ろうとしない俺を呆れたように見る。

「身体が弱いのでしょう」

そう言うと、自分の肩にある毛糸の肩掛けを渡してきた。

「大丈夫です。剣の稽古で随分鍛えられましたから。それより明渓様が風邪をひかれてはいけません」

俺のことなんて気にしなくていいのに。その細い肩にもう一度肩掛けを掛けようとしたら、強引に奪われて片端を俺に掛けてきた。そして身体をピタリと寄せると、もう片端を自分の肩に掛ける。

図らずも、一つの肩掛けを二人で使うこととなった。心音が早鐘のように打ち頬が赤らむ俺に対し、明渓は顔色ひとつ変えずに池を見ている。悔しいが落ち着かないのは俺だけのようだ。

「……鳴りませんね」

「……鳴らないいね」

「……俺、いつか明渓様より大きくなります」

「どうしたの？　急に」

「強くなります」

「それは……どうかしら」

そうしたら俺を一人の男として見てくれるだろうか。少しは頬を赤らめてくれるだろうか。

「もうすぐ北の国境の見回りから青周様が戻ってきます」

明渓が、だからどうしたと言う顔でこちらを見る。そして、俺の頭を数回ぽんぽんと撫《な》でた。びっくりして明渓を見ると、

「よく分からないけれど、落ち込んでいるから」

そう言ってふわりと笑う。その笑顔があまりに可愛く、思わず目を逸らし肩掛けに顔を埋める。すると、ふわりと甘い匂いがした。

他の男がこの匂いを知る前に、何ができるだろうか。俺は凍った池を見ながら、北からの足音に耳を塞《ふさ》ぎたくなった。

13　氷

朱閣宮に行く必要がない日は、明渓は朝から蔵書宮に入り浸っている。お気に入りの三方を壁に囲まれた奥の席で一人頁を捲《めく》り本の世界に没頭していると、トンと肩を叩かれた。

「久しぶり。また会えたね」

振り返ると人懐っこい顔で笑う春鈴がいた。

「良かったら隣に座る？」

そう言って本をずらして場所を作る。春鈴は座ると、明渓の前に積まれた本を一冊手にとりパラパラとり捲り始めた。

「本当に本が好きなんだね。今日は何を読んでいるの？」

「ここより寒い所に住む人はどうやって冬を乗り越えているのかな、と思って。まだまだ寒いから何か参考になる話があれば嬉しいんだけれど」

つまりは、ちょっと試して見るのに良い話題《ネタ》を探しているのだ。たとえば、火鉢で石を熱し、布で包んで懐に入れると暖かいらしい。これは是非試そうと考えている。

「あっ、これ私したことがあるよ」

そう言って春鈴が指差したのは、氷の上を滑って対岸に渡っている人々だった。

「春鈴って北の出身なの？」

「そうだよ。ねぇ、今からしてみる？　別に川じゃなくても氷の張った池があればできるわ。氷の上を滑るのは難しいけれど、慣れれば楽しいわよ」

「やりたい！　氷の張った池なら知っているわ」

そんな楽しそうな提案を明渓が断るはずがない。二人はさっそく東の雑木林にある池へと向かった。すると、やはり今日も、池は厚い氷に覆われていた。

「じゃ、早速始めようか」

そう言うと春鈴は慣れた様子で、氷の上に右足を乗せ、左足で軽く氷を蹴ると、スーッとそのまま滑っていく。

「こんな感じだよ。最初は私が手を繋ぐから心配いらないわ」

「絶対、手、離さないでね」

そう言うと明渓は春鈴の手を握り氷の上に両足を置いた。

「うわっ」

足が前に勝手に進み後ろに倒れそうになる。両手に力をいれて必死で春鈴にしがみついた。

「大丈夫よ。少し膝曲げてみて」

春鈴に言われたとおり、膝を曲げてみる。へっぴり腰も加わって生まれたての子馬のようでなんとも情けない格好である。

しかし、もともと運動神経は良い。四半刻もしないうちにコツを掴むと、一人で滑れるまでになった。ちょっと調子に乗ってくるくる回ってみる。すると、びっくりするぐらい勢いよくひっくり返り尻餅をついてしまった。

（痛い。調子に乗りすぎた）

眉を顰めながら立ち上がろうとすると、珠蘭がこちらに向かって来るのが見えた。思わずその体勢のまま手をふる。

「明渓様、何をされているのですか？」

小走りでやってくると、池の真ん中で尻をさする明渓を不思議そうに見る。珠蘭の「様」という言葉に、明渓に手を貸そうとしていた春鈴の動きがピタリと止まった。

「様？　えっ、もしかして」

目をパチクリする春鈴に対し、明渓はバツが悪そうに頷いた。

「し、失礼しました！」

　慌てて氷の上で跪《ひざまず》こうとする春鈴を明渓が止める。

「そんなことしなくていいから。それより私が嬪だってことを黙っていて欲しいの。もう少し侍女のふりを楽しみたいから。私もあなたがきのこを食した件は内緒にする。だからお願い」

　明渓はまだ氷の上に尻をついたまま、縋《すが》るように必死に頼んだ。その様子に春鈴は呆気《あっけ》にとられたような顔をしたが、次第に苦笑いのような表情を浮かべた。

「分かりました」

　そう言うと手を差し出し、明渓を立ち上がらせた。

　明渓は妃嬪として入内したけれど、父親の身分は高くない。身分の高い妃嬪の場合連れてくる侍女も家柄がしっかりした者ばかりだから、侍女であっても明渓の実家より力がある場合も珍しくない。そのせいだろうか、妃嬪よりも侍女の方が気が合うところがある。だから、春鈴の笑顔にほっとしつつも砕けた話し方でなくなったことに寂しさを感じていた。

　明渓は助けられながらようやく立ち上がると、後ろを振り返った。

「珠蘭、彼女は春鈴。秋に出会って親しくしているの。良かったらあなたも一緒に滑ってみない？　楽しいわよ」

「いえ、私は身体を動かすのが不得手ですから。でも、暫く見ていていいですか？」

珠蘭は池の近くにあった石の上に腰をかけた。

「じゃ、やりたくなったら声をかけてね」

明渓は再び氷の上を滑り始め、春鈴もその後を追う。暫くそうしていると、何やら珠蘭がうろうろと池の縁を歩き出した。

「珠欄、どうしたの？」

「氷の上を滑る音が違って聞こえる場所があるのです。何だか気になりまして」

明渓にその違いは分からない。どのあたりかと問えば池の東側を指さした。

「多分ですが、氷の下に何かあるんじゃないでしょうか」

「木の枝とか？」

「いえ、枝なら音を吸収すると思います。そうではなく響くような感じなのです」

響く、となると金属だろうか。何だか気になる。気になったものは調べなくては気が済まない。

「春鈴、ちょっと池の東側を何度か滑ってくれない？」

「東側ですか？」

明渓の頼みに首を傾げながらも、東側を中心に滑り始めた。明渓と珠蘭も池の縁に沿うようにして東側へ向かう。

「分かりそう？」

「そうですね。あの辺りを滑る時に音が違って聞こえます」

珠蘭が池の一部を指した。縁から一尺ほどの場所だ。明渓はその場所までいくとコンコンと氷を叩き始める。少しずつ場所を変え叩いていくと、

「そこです！　その場所だけ音が違います」

その言葉に手を止める。真上から覗いて見るも、一緒に凍っている落ち葉に邪魔されてよく見えない。

「珠蘭、大きさとかどれぐらいの深さにあるか分かる？」

「おそらく長さは二寸から三寸ぐらいだと思います。深さまではちょっと分かりません」

ここまできたら何が沈んでいるのか見てみたい。それと同時に試したいことも思い出した。

「氷の下にある物を取り出してみない？」

明渓の問いに侍女二人が顔を見合わせる。

「それは……確かに気になりますが、この分厚い氷の下にあっては難しいのではないでしょうか？　春になって氷が溶けたら私が池に入って探しましょうか？」

もとは自分が言い出したことだ、と責任を感じた珠蘭が言う。明渓はそんなことは

させられないと、慌てて首を振る。

「大丈夫よ！　そんなことをしなくても氷から取り出すことはできるわ。ちょっと道具を取りに行ってくるから待っていてくれる？」

明渓はそれだけ言うと桜奏宮に向かって走り始めた。夕刻になったので人通りが少ない。それならば、と大通りもそのままの勢いで駆け抜けた。

そして、息を切らして戻ってきた明渓の手には沢山の塩が入った袋が握られていた。

「そんなに沢山の塩、どうするのですか？」

塩の袋を覗き込みながら春鈴が問う。

「ふふ、こうするのよ」

明渓はにんまりと笑いながら氷の上に塩をばらまいた。するとゆっくりと氷が溶け始めた。

「え‼　どうしてですか？　氷が溶けています！」

珠蘭が驚いて声をあげる。春鈴も目を見開いてその様子を見ている。

明渓は氷が溶けてできた水を、これまた桜奏宮から持ってきた玉杓子ですくい上げる。そしてまた、氷に塩をかける。それを何度も繰り返していくと、小さな穴が開いてきた。そして、その穴の向こうに薄っすらと銀色に輝くものが見え始める。

その後も、明渓が塩をかけ、春鈴と珠蘭が玉杓子で水をすくい上げ続けた。そして、辺りが薄暗くなってきた頃、それは姿を現した。

明渓が細い指で摘まみ上げる。ずっと氷の中にあったので、少し触れただけでも指先が凍るように痛い。

「簪《かんざし》ね」

その手のひらには細かな細工がされている銀の簪が載っている。もとは、いくつか石がついていた意匠に見えるけれど、石は近くには見当たらなかった。春鈴と珠蘭がそれを覗き込む。

「誰かが落としたのでしょうか」

幼子のような無邪気さで、珠蘭が人差し指で簪をつつきながら聞いてきた。

「そうね。でも腐食が進んでいるから落としたのは十年以上前だと思うわ。今から宦官に届けても持ち主は現れないんじゃないかしら」

「でしたらこの簪、どうしますか？」

今度は春鈴が聞いてくる。

「腐食が激しいから売ってもお金にはならないし、かと言ってまた池に捨てるのは気がひけるし……」

どうしようかと考えていると、急に珠蘭が立ち上がった。そして周りをキョロキョロと見回している。

「どうしたの？　珠蘭？」

「あの、……声が聞こえませんか？　やっと……会えた？　……出られた？　みたいな……」

『私、幽霊の音が聞こえるんです』

初めて会った時の珠蘭の言葉を明渓は思い出した。背筋に冷たいものが走る。

（幽霊なんているわけない）

そう思っても怖いものは怖い。木々の葉が擦《こす》れる音さえも急に不気味に聞こえ始めた。

三人は顔を見合わせる。考えていることは同じようだ。

「帰りましょう」

「はい」

「そうですね」

その言葉を合図に、競うように早足で雑木林を駆け抜けた。明渓が簪を持っていないことに気がついたのは宮に帰ってからだった。

14　剣と酒

やっと寒さが緩んできたと、俺はゆっくりと伸びをする。今年の冬は初めて寝込まなかった。それに、日々の稽古の賜物か、体力がついてきているのを実感できてうれしい。

しかし、その気持ちとは裏腹に足取りは重い。理由は簡単だ。昨日、青周が北から戻ったと聞いたからだ。

今頃は帝や東宮達と軍議をしているはずだ。

軍部の長は四十半ばの強者で帝の右腕でもある。そしてその副官の職に就いているのが第二皇子の青周だ。

東宮は頭の回転も早く政《まつりごと》にも長《た》けており、何より人を惹きつける才は国の頂きに立つのに相応《ふさわ》しいと思う。長男である東宮が帝になることに不満を持つ者は殆どいないだろう。もし、いるとすれば現在の皇后ぐらいだと思う。

東宮の母親は既に他界しており、今の皇后は青周の母親だ。野心家な皇后には、前皇后を暗殺したとか、未だに青周を帝にするのを諦めていないとか、様々な噂が絶えない。

しかし、どのみち俺には関係のないことだ。

そう、誰が帝になるかなんてことに興味はない。それより気掛かりなのは、明渓のことだ。どうやったら青周と逢わせずに済むだろうかと、思案しているうちに朱閣宮の門の前まで来てしまった。良い考えがまったく浮かばない。こうなったら東宮に頼み込むしかないか。

そんな情けない結論に達したとき、門の前に普段はいない従者の姿を見つけた。これはまずい。俺は従者の前を走り抜け、体当たりするかのように扉を開けて宮に飛び込んだ。

＊

明渓は珍しい顔ぶれの中、柄にもなく緊張しながらお茶を飲んでいる。バタバタと足音が聞こえたかと思うと、バタンと大きな音がして扉が開いた。

「遅くなりました」

肩で息をしながら僑月が入ってきて、扉の前で一礼をする。その姿を見て、何故かこの場にいる青周が気さくに声をかけた。

「元気そうだな」

「はっ、はい。お久しぶりでございます。珍しいですね、青周様が朱閣宮に来られるなんて」

「あぁ、時間ができたので噂の妃嬪を見にきた。俺が留守にしている間に、いろいろ手を回した奴がいるようだな」

視線を泳がせる僑月とは反対に、青周はゆっくりと明渓を見る。

武官にしては細身だが、衣服の下には引き締まった体躯が隠されているのだろう。動き一つ一つに無駄も隙もない。

明渓は、この二人はいったいどのような関係なのかと、僑月と青周を交互に見る。

（というか、どうして私はこんな貴い方々とお茶をしているのだろう）

同席するなんて身分不相応だと何度も断ったのに、笑顔の香麗妃に強引に座らされ、結果小さくなってお茶を飲んでいる。

「東宮の側室候補なんてよく思いついたものだな。それに、お前に剣を教えているとか」

鋭い目がからかうように僑月を見る。見られた方は顔を引き攣《つ》らせながら、曖昧《あいまい》な笑みを貼り付けた。

「今日も稽古をするのだろう？　是非、見てみたいものだ」

（なぜ？）

口には出せない明渓は心の中でぼやくしかない。

青周といえば屈指の剣豪、とてもではないがお見せする程の代物ではない。思わず、頭をブンブンと振ってみるが、青周はそんな様子を気にすることもなく、唇の端を上げ茶を飲んでいる。

それだけなのに絵になるのがこの男の凄《すご》い所だ。

淡々と準備を始めた僑月を見ながら、仕方なく明渓も髪を首の後ろで簡単にまとめ剣を握った。

剣を交えてから半刻《一時間》が過ぎた頃、青周が思わぬことを言いだした。

「明渓、俺と勝負しないか？」

「えっ、あの。……私の腕では練習相手にすらならないと存じます」

「かまわん」

青周は僑月の手から模造刀を奪うように取ると、明渓の前に立った。その隙のない構えに明渓の目の色が変わる。

（どこまで私の剣が通じるか）

試してみたくなった。ざっと足を肩幅に開き、剣を持つ手に力を込める。

しかし、実力の差は歴然としていた。明渓としては、田舎で武官相手に勝ってきた経験があるので、もう少しやれると思っていた。でも、実際は全く歯が立たなかった。

まるで、猫じゃらしでからかうように、明渓の前で剣を振りわざと隙を作る。明渓がそこを突くと余裕の笑みを浮かべひらりと躱《かわ》された。その笑みにムキになって剣を振るうも、動きが全て読まれているようで、全く相手にされない。

そして、気づけば目の前に黒曜石のような瞳があった。そのあまりの近さに思わず後退《あとじさ》りすると、次は足を引っ掛けられ、視界がくるりと回転した。

（転ぶ……）

そう思った瞬間、ふわりと背中を支えられ、気づけば抱き止められていた。先程よりさらに近い位置に切れ長の瞳がある。

「筋は悪くない。顔もな」

「……あの、離して頂けませんか？」

普通なら顔を赤らめる所だが、明渓は眉を顰める。青周は、少し意外そうな顔で背中に回していた手を離すも、代わりに顎に指をかけ自分の方に顔を向けさせた。

「あの……何か？」

「正妃候補として、俺の宮にも通わないか？」

「……へ？」

思わず間抜けな声が出る。

（正妃？）

慌てて後ろを振り返ると、頭を抱えた東宮と青い顔で震える僑月がいた。香麗妃は扇子で顔を隠しているが、肩が震えているので笑っているのだろう。

「東宮と話を付けてくる」

そう言うと、呆然《ぼうぜん》としている明渓の横を通り過ぎ東宮のもとへ向かって行った。

——それから一ヶ月
明渓は十日に一度ぐらいの割合で、青周の住む青龍宮《せいりゅうぐう》に出向いている。

行ってすぐ渡されるのは、なぜか剣だ。まるで、からかわれているかのように剣を交わし、お茶を飲み夕刻には桜奏宮に帰る。

今日も着くなりすぐに剣を渡され、そして今、身体を密着させるような体勢で壁に追いやられている。壁と青周に挟まれて、剣が振れない。

「どうする？」

面白そうに明渓を見る顔が直ぐそこにある。温かい息が額にかかるほどに近く、模造刀は首まで二寸の所で止まっている。

「周りをよく見ろ。悪い癖だ、追い込まれたら手が出せないだろ？」

「……足なら出ますよ。出していいですか？」

目線を下に向ける明渓を見て、凄い勢いで青周が離れた。

「冗談ですよ？」

いつもからかわれてばかりなので、ちょっと言ってみただけなのに、珍しく綺麗な顔が引きつっていた。

その後、初めて食事と酒が用意された。実は酒豪でザルの明渓にとって、これはかなり嬉しい。しかも中々手に入らない銘柄に思わず頬が緩み、杯《はい》が凄い速さで進む。

青周は、呑んでも呑んでも酔わない明渓を見て、なんだかつまらなそうな顔をする。

「つまらんな」

「酔いませんよ」

先程の仕返しに酔わそうとしたが、思い通りにはいかなかったようだ。少々不貞腐《ふてくさ》れた顔で手酌《てじゃく》で飲もうとするので、明渓は慌てて徳利を持ち杯に注ぐ。

すると、青周も明渓の杯に、これでもかとなみなみと注いでくる。こぼさないように慎重に口に持っていき、一気に飲み干した。

「父に、酔わそうとする男とは飲むな、と言われているのですが」

「いい教えだ」

困り顔のまま、どんどん酒を飲み干す明渓が面白いようで、青周の形の良い唇の両端が上がっている。二人ともかなり強いので、次々と徳利が追加された。

「青周様、お伺いしてもよろしいですか？」

「なんだ？　言ってみろ」

「どうして私が正妃候補なのですか？」

「……その質問、東宮にもしたのか？」

（あれ？　なんだかはぐらかされた気がする）

明渓はじとっと青周を見るも、少し笑みを浮かべた顔からは何も読み取れない。

「いえ、東宮にはしていません」

「どうしてだ？」

「東宮は始めから、私を側室にするつもりはなかったと思います」

東宮の香麗妃への溺愛《できあい》ぶりは目に余るぐらいだ。いくら恋愛に疎い明渓でも流石にこれはおかしいと気づいた。では何故、自分が側室候補とされたのかと考えたところ、単に帝の興味を逸らすためだと結論づけた。誰もそのことを公に言わないので口に出していないが、上手く立ち回ってくれた僑月に今では感謝をしている。

「あの、青周様、質問に答えて頂いておりません」

「あぁ、そうだな。……それは、お前が強いからだ」

「強いから、ですか」

とてもではないが、納得できない答えだ。

「今の皇后は俺の母親だ。これが東宮の母なら何も問題はなかった。こういう、ねじれがある時、きな臭いことが起こる可能性が高まる。俺を次の帝にと画策する奴もいれば、逆に疎ましく思う奴もいる」

なるほど、と思う。確かに現皇后については余り良い噂は聞かないし、おそらく敵も多いだろう。

「いつも側で守ってやることは出来ないからな」

今度は納得のできる答えだった。しかし、ますます妃になんてなりたくない。

(そんなややこしい立場になったら、本を読む時間がなくなってしまう。私より強い妃嬪を探さなきゃ)

そう考えながら、最後の酒を細い喉に流し込んだ。

酒を飲んでいたせいか、帰りが随分遅くなった。夕刻であっても桜奏宮まで送ってくれる青周は、勿論今夜も送ってくれるようだ。

通るのはやはり、人通りの少ない東の雑木林。明渓は池が見える場所でふと足を止めた。

「どうした?」

「青周様は、幽霊っていると思いますか?」

「どうした急に。怖いなら手でも握ってやろうか?」

軽口をたたく青周を明渓はじろりと睨む。やはり、少しは酔っているようで遠慮がない。その視線に青周は、ははっと笑った。

「ただ、この辺りは少し不気味だな。特にあの池の辺りは妙な感じがする」

「怖いなら手を繋いであげましょうか」

池を指差す青周にふざけて片手を差し出す。その潤んだ瞳と、火照《ほて》った頬が妖艶で人を惑わすことを明渓はまだ知らない。青周の瞳が一瞬大きく開かれ、ごくりと喉が鳴った。

ゆっくりと大きな手が明渓の上に重なる。

「あぁ、怖いな」

明渓は、しまったと後悔したが、自分から言い出したことなので今更手を解くこともできない。暗い林の中を二人は手を繋いだまま静かに歩き続けた。

15 桜

桜の花びらがはらはらと散る中、明渓《メイケイ》は朱閣宮に向かって歩いていく。少し風が強いので見頃を過ぎた花は、明日には殆ど散ってしまうのではないだろうか。

こんな日は木陰で書物を読みたい。読み疲れたら草の上に寝転がり、空に舞う花びらを見上げる。そのまま寝てもいいし、また本の世界に沈むもよし、まさに至福の時‼

だけれども、悲しいかなここ最近の明渓は忙しい。朱閣宮、青龍宮、蔵書宮を行ったり来たりしている。勿論本を読む時間はあるけれど、読みたい本が多すぎて時間が全く足りない。

流石にこれだけ出歩いていると不審がられてしまい、侍女達には先日事情を説明した。魅音は涙を流さんばかりに喜び、今日も嬉々として見送ってくれた。

朱閣宮に着くと、侍女がすまなそうな顔で出てくる。後ろには、香麗《シャンリー》妃と遊んで欲しげにうずうずしている二人の公主がいる。

「申し訳ありません。本日僑月《キョウゲツ》様は急用でこちらにはいらっしゃらないそうです」

（やったぁ！）

思わず言葉にしそうになり、慌てて手で口を押さえる。

「分かりました。では、私はこれで失礼致します」

（とりあえず読みかけの本を読んで、それから……あっ、帰りに蔵書宮に寄って新しいのを借りよう！）

うきうきしながら、香麗妃に挨拶をして帰ろうとしたのだけれど、物事が思うように進まないのが世の常だ。

「せっかくだから、お庭でお茶をしましょう」

柔らかな笑顔で言われてしまう。

やっぱり今日もゆっくり本を読む時間はないかとガクッと首を垂れた。

朱閣宮の広い庭の東側一角は桜の木で埋め尽くされていた。枝と枝が重なりあい、新緑の向こうにちらちらと見える青空が眩《まぶ》しい。

「日当たりが良すぎるのかしら、このあたりの桜は開花が早かった分もう散ってしまって」

申し訳なさそうに、香麗妃が話す。

（満開の頃は綺麗だったろうな）

いつも剣の稽古は屋敷の北側の比較的人の目に付きにくい場所で行う。これ程の桜の木が満開になったところはさぞかし見物だっただろうと少し悔しく思った。

公主二人は木の枝で地面に何かしら絵を書いて遊んでいた。

二歳と五歳と聞いているが、二人とも年齢より大きく見える。東宮は背丈六尺と大柄だし、香麗妃も明渓と同じぐらいの背丈があるので、遺伝だろう。姉の陽紗《ヨウシャー》は体格だけでなく聡くしっかりしており、実年齢より二つぐらい年上に見える。今も妹の雨《ユー》林《リン》の面倒をよく見ていた。

（そう言えば……）

こちらに通うようになって三ヶ月ほど経つけれど、まだ長男には会っていない。

「御子息様をお見かけしたことがないのですが、こちらにお住まいではないのですか？」

「あの子は見聞を広めるために、半年前からある方に預けているのよ」

帝王教育が本格的に始められるのは十歳の誕生日からで、元服まで行われることになっている。内容は詳しくは知らないけれど、政治は勿論、歴史、兵法、武術、医学など多岐にわたるらしい。信用出来る人の下で実務をしながら学んでいると言う。

「まだ、遊びたい年頃なのに大変ですね」

「そうなの。聞いた話では全然真面目に取り組んでいないようで、どうも気持ちが違う場所に向かっているみたいなのよね」

そう言って、ため息をひとつこぼすと眉を下げながらお茶を飲んだ。子供も大変だけれど、離される母親も辛《つら》いだろうなと思う。

「半年も会えないのは寂しいですね」

「いいえ、屋敷には時々来ているわよ」

（……そうなんだ。意外とゆるいな、帝王教育）

そんなことを考えながら、桜の木を見上げる。青葉が茂り木陰になっていて過ごしやすい。でも、

「この辺りは特に桜の木が多いですね。多少、枝が密集しすぎているように思うのですが」

「そうなのよ。だから桜が散ったら枝を少し切ろうと思っているの」

桜の枝を切る、か……。

「それ、今からしませんか？」

明渓の目がキラキラしてきた。何か面白いことが始まりそうだと香麗妃が二つ返事で許可を出すと、明渓は侍女と下男にあれこれと頼み出した。それから桜の木の枝で遊んでいる公主達のところに向かう。

「ねぇ、面白いことをしてみませんか？」

「うん、やる！」

元気に両手を挙げて陽紗が答える。つられて雨林も手を挙げ飛び跳ねている。

明渓はさてと、と袖をめくった。

下男が梯子《はしご》を持ってきて、伸びた枝を手早く切っていく。大きな枝は侍女と二人で、小枝を公主達が楽しそうに拾っていく。

ある程度集まったら、それらを一寸から二寸ぐらいの長さにする。小枝は手で折り、太い枝は下男が半分の太さに切ったあと、手で折っていく。一度足で踏みつけて折ろうとしたら、やんわりと香麗妃に止められた。

次にそれらを庭に用意した大鍋に入れて煮詰めていく。

「ねぇ、ねぇ、何をしているの？」

興味津々といった感じで公主達が近づいてくる。

「まだ内緒ですよ。火は危ないから私が枝を入れていきます。少し離れていてください」

明渓の言葉に陽紗は離れるけれど、雨林は相変わらず火の周りをチョロチョロと歩き回る。

「陽紗、雨林、こちらを手伝って」

見かねた香麗妃が呼ぶと、二人は、はーいと言って駆け寄って行った。そして、数人の侍女達と一緒に屋敷の中に入って行く。

枝を火で煮詰めていくと水の色が変わってきた。今度はその色水だけを違う鍋に移していく。出来るだけ高い所から空気に沢山触れるように鍋に移す。こうすることによってよりきれいな色が出やすくなるからだ。空気を混ぜたら、もう一度火にかけ煮たたせる。

　色水が煮たってきた頃、香麗妃達が両手に布を抱えて戻ってきた。

「こんなに沢山よろしいのですか?」

「いいのよ。刺繍をして妃嬪や侍女に贈ろうと思っていた物だから」

　香麗妃は沢山の白い布を明渓に渡した。

　今からしようとしていることは『桜染』だ。

　先日、本で読んだばかりで一度してみたいと思っていたところだった。本当は、桜が咲く前の枝の方が綺麗に色が出るらしいけれど、花をつける前の枝を切るのは流石に憚《はばか》られた。

　布の中には上等の絹の肩巾《ひれ》も交ざっている。流石、東宮妃だ。

「では、まず木綿からいきましょう」

　そう言って明渓は長さ三尺程の手ぬぐいを入れていく。絹は熱に弱いのでもう少し染色液の温度が下がってから染めようと思っている。

　そもそも上等な絹から染める勇気はない。

　それを棒で四半刻《三十分》弱かき混ぜ、取り出すと今度は水で洗い流す。すると白い布は薄い茶色に変わっていた。

「桜色ではないのね」

少し残念そうに香麗妃が言う。

「一度では桜色にはなりません。これを四、五回ほど繰り返します」

明渓は、ふぅ、と額の汗をぬぐった。

「この後は他の方にお任せして、次はもう一工夫してみませんか？」

お昼寝中の雨林を侍女に預け、明渓と香麗妃、陽紗は布の一部を紐で縛っていく。こうすれば縛った部分が染まらず模様のように仕上がるのだ。

陽紗はこの作業が気に入ったらしく、嬉々としていくつも縛っていくので、あとから香麗妃がこっそり解いていた。

縛った布や絹を入れて同じように次々と染めていく。

染め上げ、水洗いを終えた布は明渓と侍女が一緒に干した。侍女はひたすら遠慮していたが、染め上がりを確認しながら干すのは楽しかった。

全ての布が桜色に染まったのは、空が茜《あかね》色になった頃だった。

16　桜のち雨のち風邪

「本当にこれだけでいい？　もっと持って帰っていいのよ」

香麗妃はそう言って、明渓《メイケイ》の持つ籠《かご》に染めた布をどんどん入れて行く。片手では到底持てないので、籠を両腕で抱えるように持って深々と礼をし朱閣宮を出た。

先程まで雲がなかったのに、夕闇の中をすごい速さで雨雲が広がっていく。風も強く髪が乱れるけれど、あいにく両手が塞がっている。頭をブンとふり、目にかかった髪を後ろに流した。

早足で雑木林まで辿り着いた時、とうとう大粒の雨が降ってきてしまった。

（濡れてしまう）

自分が、ではない。せっかく染めた布に雨がかかるのが嫌だと思った。近場にあった比較的平らな石の上に籠を置くと、着ていた羽織りを脱いで籠にはらりと被せる。

そして羽織ごと籠を持ち上げると、再び走り始めた。

とはいえ、雑木林から桜奏宮まではそれなりに距離がある。だから、着いた時には、頭からつま先までびっしょり濡れてしまっていた。

魅音《ミオン》は慌てて手拭いを持って来たけれど、明渓は髪から滴る水滴を気にすることなく、染め物を急いで部屋中に干していった。そして……

（風邪をひいた）

次の朝、明渓は熱で火照った身体で、苦しそうに息を吐きながら後悔した。

＊

すぅ、はぁ、
やばい、緊張してきた。

俺は桜奏宮の前で深呼吸をする。

今朝、桜奏宮の侍女が医局を訪ねてきて、主《あるじ》が熱を出したので来診して欲しいと言ってきた。早朝だったから、一番下っ端の俺しか医局にはいない。二つ返事で行くと応えたのだが見習いはダメだと断られた。クソっ。仕方がないので韋弦を叩き起こし、連れ立って来たのだ。

宮の前には頻繁に来ているけれど、中に入るのは初めてだ。頑張って平静を装っているのに、隣にいる韋弦はなんともしょっぱい顔で俺を見てくる。

先程の侍女とは異なる、魅音という侍女が明渓の部屋まで案内してくれるようだ。見習いらしく韋弦の後を荷物を持って歩いていくと、他より大きな扉の前で立ち止まった。

「こちらで少しお待ちください」

そう言って部屋の中に入るが、すぐに出てくる。

「どうぞお入りください」

案内され入った部屋は、その半分が本棚と堆《うずたか》く積まれた本で埋め尽くされていた。本来、中央に置かれているはずの寝台は部屋の端に寄せられている。天蓋《てんがい》の薄い幕が朝日を受け寝台に淡い影を落とし、その陰の下で赤い顔をした明渓が寝ていた。口を半開きにして呼吸が荒い。

韋弦が脈をとり、明渓の額や首筋に手を当てる。

「風邪ですね。暖かくして安静にしてください。食事は出来るようであれば消化のよい粥《かゆ》を用意してください」

そう言うと俺を見る。なんだ、その試すような目は。

「僑月、薬は何が良いと思うか？」

「風邪なら、葛根湯《かっこんとう》でよいかと」

これなら俺でも分かるぞ。自信満々で答えたのに、韋弦は渋い顔で首を振った。

「熱が出始めた頃なら葛根湯でよいが、ここまで高熱が続いてるのなら麻黄湯《まおうとう》だ」

「……申し訳ありません。すぐに用意します」

しまった、間違えた。いや、これはひっかけだ。ずるいだろう。心の中で言い訳をしながら鞄から三日分の麻黄湯を出し韋弦に渡した。

診察が一通り終わったようなので韋弦に目配せをする。しかし、目が合ったはずなのに気づかない振りで帰ろうとする。おい、待て。打ち合わせと違うぞ。わざとらしくコホンと咳をすると、韋弦は本当にするのかと呆れ顔をした後、渋々魅音に話しかけた。

「魅音殿、宜しければ生薬を混ぜた粥の作り方をお教えしましょうか？」

「そんな、恐れ多いことです。医官様にそこまでしていただくなんて」

とんでもない、という風に魅音は首を振る。

「お気遣いは不要です。明渓様がお元気になられるのを待たれている方々がいらっしゃいますから」

「あらあら、そうなのです。ふふふっ、医官様もご存じでしたか。では、お願いいたします」

そう言うと、上機嫌で魅音は韋弦を連れて部屋を出て行こうとする。韋弦は部屋を出る前に俺を振り返り、事前の打ち合わせ通りの言葉を言ってきた。

「僑月、私は四半刻程で戻りますので、それまで明渓様の看病をしていなさい」

そうだ、それでいいのだ。俺が勢いよく頷くと、韋弦は頭が痛いかのように顳顬《こめかみ》をもみ、蔑《さげす》むような視線を向けてきた。まったく失礼な側近だ。

断言しよう。やましい気持ちはない。全くない。ただ、俺の手で看病をしてやりたかっただけだ。これでも医官見習い、病人相手に不埒《ふらち》な思いなんて、これっぽっちも抱いていない。絶対に。

というわけで、とりあえず明渓の額の手拭いを冷たい物に替え、脈をとってみる。先程葦弦もしていたけれど、念のためだ。

透き通るような白い肌が赤みを帯び、額は薄っすら汗ばんでいて、呼吸も脈も速く苦しそうだ。

（脇の下にも手拭いを入れて冷やした方がいいよな）

大丈夫、分かっている。俺がすれば問題になることぐらいちゃんと理解している。後で侍女に伝えておこう。

「……僑月？」

目が覚めた明渓がこちらを見て呟いた。

「はい、大丈夫ですか。風邪をひいたと聞き心配しました。喉は渇きませんか？　何か飲みましょう」

汗をかいているので水分を補給しなくてはいけない。白湯《さゆ》と麻黄湯を用意し手渡すと、明渓はそれをゆっくりと飲み干した。吐き気はなさそうなので、ひとまず安心する。

少し落ち着いた明渓は、ぼーっとした目でこちらを見てくる。

「僑月は医官になりたいの？」

突然どうしたのだろう。

「はい、医官には幼い時からお世話になりました。私も誰かを救えたら、と思っています」

「医学書、読んでいる？」

「……はい、簡易で小さい物を常に持ち歩いて勉強しております」

「見せて貰《もら》ってもいい？」

何故そんなことを言うのだろう。俺は懐から五寸程度の本を出して手渡した。

「綺麗ね。書き込みもないし、後ろの方は開いた跡すらない」

「……はい」

やばい、ばれたぞ。正直、最近あまり勉強していない。剣やその他もろもろ忙しく怠けていた部分もある。明渓は本をぱらぱらと捲るとパタンと閉じた。

その仕草に違和感を感じる。好奇心旺盛な明渓なら、たとえ熱があっても読み始めるはずだ。

「薬には興味ないのですか？」

「あるわ。今、欲と戦っているの」

俺も欲と戦っている最中だ、とは言えない。仕方ないだろう潤んだ瞳はいつになく扇情的なんだから。

「どうしてですか？」

「父との約束だから。お前は知ったら何でも試したがるから、薬、毒、医学書は読むな、と言われているの」

「正しい判断かと思います」

思わず大きく頷《うなず》く。明渓の好奇心は猪突猛進すぎてかなり危うい。きのこの時にも思ったが、何かしらの線引きをしないと命に関わる。

「学べる、知れる、というのは素晴らしいことだと思うの。僑月が勉学に励むことを望んでいる方もいらっしゃるのでは？」

突然、どうしてこんな話を始めるんだ？　確かにしっかり学ぶように言ってくれる人はいる。そして、俺自身、医官になりたいという気持ちは本当だ。俺のような患者を助けられる存在になりたい。

「はい、そうですね。正直、少々怠けておりました」

「剣の練習を減らす？」

「いえ、大丈夫です」

それだけは嫌だ。困る。青周が帰ってきているのに、せめて明渓と会える回数は俺の方が多くありたい。

「私はこの本に書かれている内容を知ることができない。もし、私にこれらの知識が必要となった時、貴方が助けてくれると心強いな」

そう言って熱のある身体で微笑んだ。そんな姿を見ていたら不出来な自分がだんだん恥ずかしくなってきた。そうだ、俺は医官になるって決めたんだ。それでなくても障害の多い道なのだから、それらを蹴散らす能力をつけなければいけない。

「わかりました。立派な医官になれるように頑張ります！」

俺の言葉に明渓がにっこりと笑った。

「いい顔しているわ。よかった、やる気になってくれて」

ほっとしたようにそう呟くと、静かに目を閉じまた眠り始めた。

暫くその顔を眺めた後、俺は医官らしく額の手拭いを冷たい物に替え、首筋の汗を拭いた。やましい気持ちは既に消えていた。

17　手拭い

(身体が軽い)

明渓は天蓋付きの布団の上で両腕を伸ばした。朝日が眩しく、気分が清々《すがすが》しい。

(お腹すいたー)

この二日粥しか食べれなかったせいか、体調が戻った途端、空腹を感じ始める。熱を出すのは何年ぶりだろう、慣れない後宮の生活にそれなりに圧迫感《ストレス》を感じていたのかもしれない。

粥をぺろっと三杯も食べたあとは蔵書宮へ向かう。魅音が眉間に皺《しわ》を寄せながら、もう少し寝てるようにと言ってきたけれど、二日も本を読んでいないせいで禁断症状が出てきているから仕方ない。

慣れ親しんだ蔵書宮に一歩踏みこめば、独特の香りが鼻腔をつく。

（あぁ、いい匂い）

久しぶりの本の匂いについつい頬が緩んでしまう。いつものように背の高い棚の間を物色していると、西の端の棚で面白いものを見つけてしまった。明渓はそれを両手で胸に抱え、いそいそと桜奏宮へと戻っていく。

「ねぇ、魅音。洗濯物ってまだある？」

「洗濯物ですか？　分けて洗う予定の藍染めの物ならありますが、どうしてですか」

いつもは蔵書宮に行くと二刻《四時間》は帰ってこない明渓が、四半刻もしない内に戻って来て普段言わないことを口にした。嫌な予感しかしないのだろう、何も言わないうちから、顔に駄目です、と書いてある。が、そんなことに怯《ひる》むような好奇心ではない。

「私が洗ってきてあげ……」

「駄目です」

遮るように駄目だと言われ、頬を膨らませる。その後四半刻の応酬ののち、明渓は洗濯桶を強引に手に入れた。それを抱え、出掛けようとしたところでもう一度部屋に戻る。

(もし会えたらあげよう)

そう思い、卓の上に置かれた桜染めの手拭いから二枚を選び懐に入れた。桜染めし
た布は明渓が寝込んでいる間に乾き、侍女達の手によって分けられ畳まれていた。ど
れも良い色に染まっており満足できる品物だ。

洗濯場はもう昼前だからだろうか、思ったより人が少なかった。

(いるかな?)

人にぶつからないように気を付けながら、きょろきょろしていると、隅の木の下で
肩を並べて洗濯している二人の姿を見つけた。

「ねえ、私も一緒にいい?」

「……明渓様!?」

二人が同時に声をあげたので、慌てて人差し指を自分の唇にあて、静かに、と目で
訴える。その後、二人の向かいに座るとよいしょ、と洗濯桶を置いた。

「何をされているのですか?」

二人とも目をパチパチしながら明渓と桶を見る。

「ちょっと試したいことがあってね」

桶は二つ重ねて持ってきた。藍色の布をそれぞれに同じ数だけ入れていく。興味津々と見ていた珠蘭《シュラン》が、思い出したかのように聞いてきた。

「東の雑木林で明渓様の声を聞いたのですが、一緒にいた男性を青周様と呼ばれていませんでしたか？」

明渓の顔からサッと血の気が引く。誰にも見られていないはずなのに……と考えたあと、珠蘭はもの凄く耳がよいことを思い出した。きっと明渓達からは見えないぐらい遠くにいても、会話が聞こえてしまったのだろう。

「……その話、誰かにした？」

恐る恐る聞くと、珠蘭はぶんぶんと首を横に振った。

（それならよかった）

主にも黙っていてくれたことに感謝する。青周と人気のない道を歩いていたなんて知られたら、どんな嫌がらせが待っているか知れたものではない。売られた喧嘩を買うのはやぶさかではないが、本を読む時間が減るのは避けたいところだ。

「では、口止め料はこちらということで……」

明渓はそういうと懐から手拭いを取り出した。それは片側の白から徐々に濃い桜色へと変わるように染めあげたものだった。

「ありがとうございます」

二人は手に取り、嬉しそうに手拭いを見る。色が変わっていく染め方は珍しいので、大変気に入った様子だ。その反応に明渓は満足すると再び洗濯物を分け始めた。

「明渓様、それで何をされているのですか？」

話し方は変わったけれど、相変わらず親し気に春鈴《シュンリン》が話しかけてきた。

明渓はふふっと笑うと、懐から小さな小瓶を出す。中には灰汁《あく》が入っている。

「まずは、藍染の服を二つの桶にいれ、灰汁をどちらにも入れる」

そこまではごく普通の洗濯の仕方だ。春鈴達も今まさにそうやって洗濯をしている。

「そしてこれを片方にだけ入れる」

今度は袂から小さな袋を取り出し、中に入っていた白い粉を片方の桶に全て入れた。そして両方の桶に入った洗濯物を洗っていく。

「えっ、どうしてですか？」

珠蘭が目を丸くして二つの桶を見比べる。それもそのはず、灰汁しか入れなかった方の桶は藍染が色落ちして水が青く濁っているのに対し、白い粉を入れた桶の水は濁っていない。

「藍染は色落ちしやすいから別に洗うのに……明渓様、どうしてこちらの藍染は色落ちしていないのですか？」

透明の水が入った桶を指差しながら、春鈴が問う。明渓はちょっと得意そうに笑った。

「その理由はこの粉よ」

空になった袋をひっくり返すと、その裏地にはまだ少し白い粉が残っている。それを指先に取りぺろりとなめた。

「食べても大丈夫なのですか？」

「勿論、春鈴も食べたことがあるわ。どうぞ、指に取ってみて」

袋を差し出された春鈴は戸惑いながらも、その白い粉を指に取りなめた。

「しょっぱい」

軽く眉を顰める。

「塩、ですか」

「そうよ。塩は藍染めの色落ちを防いでくれるって本に書いていたから試してみたの。まさか、こんなに効果があるなんて思わなかったわ」

色の違う二つの桶を三人は見比べる。明渓は色の変わっていない透明の水を捨てその中に洗濯物を纏《まと》めていれた。やりたいことはこれだけではない。

「ねぇ、春鈴、珠蘭、さっきの手拭いもう一度出してもらっていい？」

「構いませんが、これをどうするのですか？」

明渓は布の白い部分を数回に分けて色水に浸した。すると布は次第に青く染まっていく。

「うわー綺麗」

二人が声を揃えた。

出来上がった布は藍色から薄い紫、そして桜色へと変化している。まるで春の夕闇を思わせるような、少し妖艶な色の変化《グラデーション》だ。

「藍色と、桜色を混ぜると紫になるのですね」

珠蘭が不思議そうに眺めている。春鈴は流石に知っているようで驚きはしていないが、うっとりと手拭いを手に取り眺めていた。

「そうよ。赤い染料と黄色の染料でも綺麗に出来ると思う。ただ、赤と緑は駄目かな」

「どうしてですか？」

「黒色になるからよ。他に青と橙色、紫と黄色も黒になってしまう」

様々な色の花を潰し、その色水を混ぜて実験したのでよく覚えている。沢山の色を混ぜるのは更に難しかった。混ぜすぎると最終的に黒色になってしまう。

すっかり人がいなくなった洗濯場の隅で話をしていると、少し離れた場所を医官達が通って行くのが見えた。

「春鈴、もしかしてあの人達がさっき話をしていた新しく入ってきた医官様？」

「うーん、多分そうだと思うけれど、ここからじゃ遠くてよく見えないわ」

二人が背伸びをしたり、目を細めたりしながら数人の医官の顔を見ようとしているので、明渓はどうしたのかと首を傾げた。

「新しい医官様が来られたの？」

「明渓様はお会いしなかったのですか？　三日程前に各宮にご挨拶回りをされていました」

「あぁー、三日前はほぼ一日中出歩いていて、そのあと二日間風邪で寝こんでいたから会えなかったのね」

「そうなのですか。後宮はちょっとした騒ぎになっていたのですよ」

意味深な口調で含み笑いをしながらそう言う春鈴の目線は、まだ医官を追っている。

「騒ぎ？」

「はい、新しく来られた医官様は三人いらっしゃるのですが、そのうちのお二人がとても格好《イケメン》いいなんです」

なる程、同じ妃嬪ばかり訪れる帝や、大切な物がない宦官が大半を占める後宮において、数少ない医官は唯一の身近な男になる。それが容姿も優れているとなると、騒ぎになるのも分かる気がする。勿論、本当に何かしでかしたら実家にまで害が及んでしまうけれど。

遠目からでは顔はよく分からないが、上背のある若者が二人いて、一人は細身、もう一人は武官と言っても通る程の立派な体躯をしていた。明渓達の視線を感じたのだろうか、武官のような医官が立ち止まりこちらを見た。

その瞬間強い風が吹き、若葉が音を立てて揺れる。籠の洗濯物が飛びそうになり慌てて手で押さえ、再び顔を上げた時には医官達は既に遠くに行っていた。

18 僑月の健闘

冷たい五月雨の降る夜、雨を避けるように木の下に佇《たたず》む人影がある。濡れた長い髪と服を手拭いで拭いたが、その細い指先は冷たくかじかんでいた。そのままどのくらい時が過ぎただろうか、南の方から足音が聞こえてきた。背が高く肩幅のあるその影が同じ木の下に駆け込む。

細い指が男の濡れた前髪に触れる。一言、二言、言葉を交わすと、女は懐から文を出し男にそっと渡した。男はそれを懐に入れると、再び雨の中に飛び出して行った。

人知れず逢瀬を重ねる者がいても不思議ではないのが後宮だ。ただ、秘密を隠し通すにはその閉ざされた空間は、あまりにも狭すぎる。

＊

新緑が眩しいくらいの季節になった。数日前の雨が嘘のように青空が広がり、剣の稽古の後は身体がじっとりと汗ばむ。俺の隣に座っている明渓は桜色の手拭いを懐から取り出した。額には玉のような汗が浮かんでいる。無防備に襟元を指先で緩め、手拭いを首筋にあてる仕草が艶《なまめ》かしく思わず目を逸《そ》らした。

俺も汗を拭こうと、襟を大きくはだけさせ、これまた桜色の手拭いを取り出す。四ヶ月の稽古の賜物だろうか、胸板はまだ薄く頼りないが、肩や腕には筋肉が付いてきたのが自分でも分かる。

何やら視線を感じると思ったら、明渓がじっとこちらを見ていた。なんだか照れ臭く、思わず襟を合わせる。

「どうした？」

「だいぶ鍛えられてきたなぁと思って」

顔色ひとつ変えず、照れる様子もない。まるで弟の成長を喜ぶ姉のようだ。

「なぁ、いつまで俺のことを子供扱いするんだ」

「いつまでって、まだ元服していないじゃない」

それを言われたら返す言葉がない。確かにこの国では元服するまでは子供だ。

しかし、最近は二人だけの時には砕けた話し方ができるようになった。これは一歩前進したと思ってよいだろう。そうなると気になるのはあの貴人だ。

「明渓は青周様とも、こんな風に親しい話し方をしているのか？」

「そもそも青周様はお忙しいから、あまりゆっくり話をする時間がないわ。それから、僑月と違って青周様は皇族よ。馴《な》れ馴《な》れしくしたら不敬罪になってしまう」

ふんふん、それなら今のところ心配はないか。しかし相手はあの美丈夫だ。俺にはない物を山程持っている。顔も背丈も武術も。狡《ずる》いだろ、それ。

「ねぇ、僑月、青周様ってどんな方なの？」

「‼　何でそんなことを聞くんだ？　もしかして、あいつ……いや、あの方に興味があるのか？」

「ほぉ、それは嬉しい話だな」

背後からいきなり声がして、びくっとなる。背中に寒気が走る。振り返らなくても誰がいるかは明らかだ。どうして、今現れるんだ。

　地面に座り込んでいる俺達の前に青周《セイシュウ》が立つ。黒い衣を纏い腰を青い紐で縛っているだけなのに、人の目を惹きつける存在感がこの男にはある。

「珍しいですね。貴方様がこちらにいらっしゃるなんて」

「暫く皇居を離れるからな、それを伝えにと……」

　顔に作り笑いを貼り付けた俺に余裕の笑みを見せると、隣に座っていた明渓の腕をいきなり掴み強引に立たせる。

「時間はあるだろう。少し付き合え」

　そう言って明渓の瞳を覗き込むと、有無を言わせず連れ去っていった。


　俺が呆然と庭に座り込んでいると、東宮が現れた。帝に代わって政務の殆どを取り仕切っている東宮がこの時間にここにいるのは珍しい。因みに、帝としては東宮に全てを譲り隠居をしたいが、後宮を引き継ぎたくない東宮が首を縦に振らないらしい。香麗《シャンリー》妃を溺愛しているからな。

「稽古は終わったようだな。明渓はどうした？」

「青周様に連れ去られました。東宮、話が違うではありませんか。青周様の説得はどうなっているのですか？」

俺が詰め寄ると、東宮は眉を下げポリポリと顳顬《こめかみ》を掻いた。

「とりあえず、強引なことはするなと伝えている」

「今しがた、強引に連れ去りましたが」

「ははは、どうやら、あれはあれで焦っているようだな。お前、青周相手になかなか健闘しているではないか」

何が健闘だ。今頃二人で何を話しているかと思うと、居ても立ってもいられない気持ちだ。そんな俺の頭をでかい手でポンと叩いた後、東宮は急に真面目な顔をした。

「僑月、ここからが本題だ。明日、医局が少し騒がしくなるぞ」

俺はごくんと唾を飲むと、そのあとの言葉を待った。

19　薔薇

明渓が強引に引っ張られて屋敷の外に出ると、馬車が用意されていた。今度は優しく手のひらを掬《すく》い上げられ馬車に乗せられる。

「どこに行くのですか？」

「流石に俺でもお前を外には連れ出せない。行く場所は皇居の東の端だ」

後宮と皇居はそれぞれ塀で囲われている。後宮の北側に皇族が住む皇居があり、その東側に、軍部や文官の集まる省—つまりこの国の中枢部がこれまた塀に囲まれてある。どうやら向かっているのは東側の塀沿いらしいが、そこに何があるのか明渓は知らない。

皇居内とはいえ、そもそもが広い。東の端となれば馬車が必要だ。

（確かに遠出ではないので、すぐ着くと思うけれど……）

馬車の中は狭い。そして何故か青周は向かい側でなく、隣に座ってきた。

先程の稽古で汗を掻いている。汗臭くないかと気になり、こっそり自分で嗅いでみるがよく分からない。せめてもう少し離れようと、身体を窓枠に押し付ける。

「何をしているんだ？」

「えっ、あの。稽古で汗を掻きました。臭いと思いますので向かい側に座っても宜しいですか」

「別に気にならないぞ。男の汗は臭うが女はそうでもないだろう」

そう言うと突然、明渓の襟元に顔を近づけてきた。

「何をしているのですか!?」

たまらず席を立ち、向かい側に座ろうとするも、腰を掴まれもとの場所に戻される。

「気にしないと言っているだろう」

「私が気にします」

気にする、しないの遣《や》り取り以前に、匂いを嗅ぐなと言いたい。じとっと睨むと唇の端を上げクックッと笑われた。どうやら揶揄《からか》われているようだ。

「明渓にも、普通の女のようなところがあるのだな」

（いったい人を何だと思っているのだろう）

聞こえるようにため息をつき、そっぽを向いて窓の外を見ると、また笑い声が聞こえた。明渓としては親しくしているつもりはないが、この二人もそれなりに距離を縮めている。

「そんなに気になるならこれから行く場所は丁度良いだろう。帰りは隣とは言わず膝に乗って帰るか？」

「ならば歩いて帰ります」

いきなり匂いを嗅ぐ男と同じ馬車には乗れないと遠回しに伝えてみるも、何食わぬ顔で今度は髪を触ろうとする。軽く手を振り払い、今度こそ向かいの席に座った。

馬車は果樹園に入っていく。蜜柑《みかん》の木が植えてあり、白く小さな花が咲いている。実家にいる時は、よくその花を採り蜜を吸っていた。秋には実がなるだろう、頼めば貰えないかなと考えているといると馬車が止まった。どうやら目的地に着いたようだ。

馬車を降りると、目の前は赤、桃、白、黄色と鮮やかな色で埋め尽くされていた。風が良い匂いを運び全身を包んでくる。

「薔薇《ばら》園ですか」

辺り一面に沢山の薔薇が植えられていた。一口に薔薇といっても種類は様々だ。大振りの花もあれば、枝分かれした茎に小振りの花が幾つもついているものもある。よく見れば花びらの形も厚みも枚数も違う。知っている薔薇もあれば、見たことがないものもあった。

(帰ったら調べよう)

そう心に決め、端からひとつひとつを丁寧に見て行く。ついでに匂いも嗅いで、花びらの枚数、形、色、大きさに茎や枝振りを覚えていく。頭の中の本がペラペラと捲られ、周りから音が消え、いつの間にかその作業に没頭していった。

(はぁ、腰が痛い)

半刻《一時間》ほど腰を屈《かが》めて花を見ていたせいだろう。両手を腰にあて背を反らし、そのまま拳で数回腰を叩く。少々年寄りじみた動作だけれど、上を向いた時に見えた青空が清々しく気持ちがよかった。

(さて、続きを……)

そう思ったところであることを思い出し、背中に冷や汗が一筋流れる。

（まずい、忘れていた）

何をかは言うまでもない。慌てて周りを見渡すと、斜め後ろで鮮やかな薔薇を背景に腕組みをしてこちらを見ている美丈夫と目が合う。何だか、いろいろ眩し過ぎる。

「……あのー」

「なんだ、もういいのか？」

「ずっとそちらにいらっしゃったのですか？」

夢中になる余り、高貴な方を半刻も放って置いた。流石にこれはまずい。

「申し訳ありま……」

「気に入った花はあったか？」

形の良い唇の端を上げ、目を細めながら明渓に近づいてくる。冷酷に見られがちな整いすぎた顔が、柔和に微笑んでいた。

「この大きな赤い薔薇が好きです。少し黒味を帯びていて深みのある良い色だと思います」

「そうか、分かった」

そう言うと青周は懐から細かな模様が施された小刀を出し、薔薇を一輪、また一輪と摘み始めた。青周の腕にはあっと言う間に十七本の真っ赤な薔薇の花束が完成した。

「異国では生まれた日に薔薇を送るそうだ」

明渓の手にそれを渡す顔は余裕を装うも、耳が赤くなっていた。明渓は勿論そんなことに気がつかない。

「それは個別に産まれた日を祝う、ということですか？」

この国では新年を迎える時、皆同時に一つ年をとる。元服だけは異なり、生まれた月に祝うがそれ以外に個別に祝うことはない。

「この国で良かったですね」

「ああ」

青周はしみじみと言う。後宮にいる妃嬪の数は八十人程、それを個別に祝うとなると大変煩わしい。その上、一緒の日に生まれた者がいたら、修羅場は避けられない。

同意したところをみると、青周も何か心あたりでもあるのかもしれない。鋭い目は少々取っ付きにくく見えるけれど、かなりの美丈夫なので、女性関係が華やかであったとしても決して不思議ではないと思う。ただ……

「どうして今日が私の生まれた日だとご存じなのですか？」

「後宮の帳面を見ればすぐにわかるだろ」

（わざわざ調べた？）

当然といった感じで答える青周に、明渓は半歩退く。忙しいと思っていたが案外暇のようだ。色々と言いたいことはあるが、相手は皇族なので言えない言葉の方が多く、そのあたりは飲み込んでおくしかない。

「……ありがとうございます。でも宜しいのでしょうか、こちらの薔薇園はどなたのものでしょう？」

「俺の母親、皇后の物だ」

（!!）

明渓は全身の血が凍ったように感じた。それなのに、薔薇を持つ手はじっとりと汗ばんでくる。目だけ動かし、恐る恐る両手で抱えた花束を見る。

「いけません！　頂けません、こんなことが皇后様に知られたら……」

嬪の首なんてあっという間に飛んでしまう。

「大丈夫だ。皇后はもう十年以上ここには来ていない。来られない、といった方がよいのかもしれないな」

「どこか御身体の調子がすぐれないのでしょうか」

「たいしたことはない、あえて言うなら太りすぎだ。身体を動かすのが億劫になっているからな、こんな後宮の端まで来ることはもうない」

医学については人並みの知識しかないが、単に太りすぎといってもそこから目や内腑を悪くすることもあると聞く。

「小さい頃はよく一緒に来たのだがな」

青周の声がどことなく寂しげだ。

「思い出の場所、ですか」

何だか、今日の青周は珍しく言葉数が多いと明渓は思う。

そして、この場所に連れて来られたことの意味を考えると少し気まずい。これ以上高貴な方の内情は知りたくないし、関わり合いたくないのに、いきなり中心部にきてしまったように感じる。

「皇后は俺を産んだ後、二人の子を宿したが、一人は流産、もう一人は死産し、その際に腹を悪くしてもう子を宿せなくなった。彼女にとって不運なことに、同じ時期に東宮の母が身ごもり二人目の子を産んだ。子は予定より二ヶ月も早く生まれ、周りも何かと心配をしたが今年元服を迎える」

「どうして私にそのようなことを話すのですか？」

「これから自分が身を置く場所が、どういうところか知っておいた方がよい。知らなければ判断できず、判断できなければ自身を守ることもできないだろう」

（東宮の側妃候補と違い、どうやら本気で私を妻にするつもりなのだ）

薄々そのことには気がついていた。それでいて知らぬ振りを通していただけにどうしたものかと、頭が痛い。

地方官僚の娘が皇族の求婚を断ることはできない。今は東宮の側室候補という立場を仮にだけれどとっているので、青周がすぐ行動に出ることはない。しかし、この状況がいつまでも続くとは思えない。

「この花も俺たちに見られただけで、すぐに枯れるだろう」

誰に言うとでもなくつぶやく青周の声が、やけに寂しげで思わず隣を見る。その黒曜石のような瞳は珍しく哀愁の色を帯びており、目の前にある物ではなく何処《どこ》か遠い所を見ているようだった。

（あれを作れば、もっと長く薔薇を楽しめるかも）

以前に読んだ本の頁《ページ》が頭に蘇《よみがえ》る。そうなると、もう止まらない。目の前に薔薇《材料》があるのだ。これは試すしかないだろう。

「……あの、青周様。それでしたらお願いがございます」

「なんだ、言ってみろ」

「薔薇をもっと頂いても宜しいですか？　作りたいものがあります」

図々しい願いだ。しかし、どうにも歯止めが利かない。十七本の薔薇で恐縮していたのが嘘のようだ。

「別にかまわぬ。好きなだけ持って帰ればよい」

「ありがとうございます！」

礼を言うと、青周から小刀を借り薔薇の種類ごとに数本ずつ摘み取り始めた。

「年の数だから意味があると聞いたのだが……」

その楽しそうな姿を見ながら、青周がぼやいた声は明渓に届かなかった。

20　ドライフラワー

桜奏宮は薔薇の匂いが充満して、噎《む》せ返るぐらいだ。残り香で暫く香を焚《た》く必要はないだろうな、と思いながら明渓は薔薇を一本一本見ていく。

大量の薔薇の花を持ち帰るのは無理なので、昨日は青周から貰った薔薇だけを持って帰ってきた。魅音はその薔薇を見ると今にも踊り出しそうに、いや、むしろ踊りながら花瓶に薔薇を生けた。

そして、今朝、青周から大量の薔薇が届けられた。昨日、明渓が摘み取った本数の五倍はある薔薇で桜奏宮は足の踏み場もないくらいだ。

（下級嬪の宮の広さを知らないのね！）

沢山の薔薇を皇族から貰っておきながら、こう言うのも何だが、はっきり言って邪魔である。

（他に何ができるかな）

明渓は頭の中の本を捲っていく。複雑なことは不器用な明渓にできないし、道具も今あるものしかない。

とりあえず宮にある花瓶を全部引っ張り出し、薔薇を生けて至る所に飾っていく。次に、もともと作るつもりだった物に取り掛かる。自分で切ってきた薔薇を二、三本ぐらいに分け麻紐できつく縛っていく。乾燥すると花も茎も縮むので茎が折れない程度にきつく結び、縛り終えたら風通しの良い場所に花が下になるようにかけていく。あとは十日程このままにしておけば乾燥花《ドライフラワー》のできあがりだ。

（さて、次は、と）

先程一本ずつ確認しながら、花びらが薄く柔らかい物と、厚みがある物に分けておいた。まずは、それら全ての花びらをちぎっていく。これにはかなりの時間がかかりそうだ。

「明渓様、今日は外出されませんよね？」

何故か緊張した表情で魅音が聞いてくる。

「そうね。花瓶に生けられないから、放っておいたら明日には枯れてしまうし、今日中にやってしまわないと」

手元にはまだまだ沢山の薔薇がある。魅音に頼んで林杏《リンシン》を借りているが、それでも夕刻まではかかるだろう。

「分かりました。では、もう少ししたらお茶を用意しますから、休憩しながらゆっくりなさってくださいね」

魅音はそれだけ言うと部屋を出て行った。いつもと違う様子に明渓は首を捻《ひね》る。しかし、小言を言われないのは良いことだと再び作業に没頭し始めた。

その後、何故か頻繁にお茶が運ばれ休憩を促された。不思議に思いながらも、出されたお茶や菓子を口に運び、花びらを全てちぎり終わった頃には、昼をとっくに過ぎていた。

時刻でいうと点心《おやつ》を摘まむ頃だけれど、度重なる休憩で腹は膨れている。

「明渓様、これからどうするのですか？」

林杏が聞いてくる。

「厚みのある花びらは匂い袋に入れたいけれど、匂いが少し足りないから薔薇の香油を混ぜてちょうだい。その後ザルに入れて日の当たらない場所で乾燥させて」

林杏にその作業を頼むと明渓は残りを持って台所に向かう。先程、魅音に頼んで用意してもらった鍋を火にかけ、水と砂糖と薔薇を煮詰めていく。煮立ったら砂糖をもう一度加え、檸檬《れもん》を絞れば薔薇の砂糖漬けのできあがりだ。まだ熱いそれを匙《さじ》で掬い上げ息を吹きかける。猫舌だからと、念入りに冷ました後で口に運ぶ。

「美味《おい》しい！」

口に入れると、ふわりとした薔薇の香りが鼻腔《びこう》へと広がる。甘さは控えめにしたけれど、誰かに贈るならもう少し甘い方が良いかも知れない。

（魅音の意見も聞いてみよう。甘党の彼女なら、砂糖をもうひと匙足した方が好ましいかも）

そう思い、魅音を探しに台所を出ると何やら入り口で人の気配がした。

（誰か訪ねて来たのかしら？）

扉から少し顔を出し様子を伺うと、魅音と侍女が揉《も》めていた。侍女は魅音に隠れて顔が見えないが声に聞き覚えがある。

「何度も言いますが、あなたを明渓様に会わせるわけにはいきません」

「お願いです。それでしたら、せめて私が来たことだけでもお伝えください」

「お断りします。あなた、あの領依《リョウイ》の侍女ですよね」

そこまで聞いて明渓は、あれ？　と首を傾げる。他の宮とはいえ、魅音が妃嬪を呼び捨てにするなど今までなかったことだ。それに何より気になるのは自分に会いたいと言っている侍女だ。

「春鈴、どうしたの？」

魅音に隠れるように立っている小柄な侍女の名前を呼ぶ。

「明渓様！」

名を呼ばれ、春鈴がぱっと明渓を見る。反対に、振り返り明渓の姿を見た魅音は、眉間に深い皺を寄せた。

「春鈴、何があったの？」

「……私の主、領依様の不貞の話はもうお耳に入っているかと存じますが…」

「えっ⁉　不貞？」

初めて聞く話に、その場にいる魅音を見る。魅音は気まずそうに視線を逸らした。

「やけにお茶を持って来ると思ったら、私を外に出さないためだったのね」

「好奇心旺盛な明渓様が、妙なことに首を突っ込まれないためです。大体、今までだって勝手に宮を抜け出して……」

「分かった、分かったわ。私を心配してのことね」

お説教が始まりそうなので、明渓は強引に話を終わらせ、ひとまず魅音は無視することにした。

「不貞を働いたのが確かなら、妃嬪は一度別の場所に幽閉され、実家への処罰が決まり次第送り返されるはずよね」

「はい」

「侍女については、早ければ翌朝、遅くても翌々日には里に帰されると聞いているわ」

「仰る通りです。私も明日、日が暮れる前に荷物をまとめ出て行くように言われています。

そこまで話すと、春鈴は突然床に跪《ひざまず》き頭を下げた。

「私を明渓様の侍女にしてください」

予想外の言葉に明渓は目を見開く。春鈴はさらに畳み掛けるように、話を続ける。

「実は先日、実家から手紙と絵姿が届きました。後宮を出た後の見合いをもう準備しているようです」

「それが、気に入らないと言うの？」

「今、私の面倒を見てくれているのは、父方の遠縁にあたる方です。商いをしているのですが、その人が私に用意した嫁ぎ先は、父よりも年上の男の側室なのです」

なるほど、と明渓は思う。商売のために売りに出されるようなものだ。帰りたくないと言う気持ちも分からなくはない。しかし、下級嬪の明渓にできることなど限られている。

明渓は人差し指で顎をとんとんと叩きながら、お節介な自分の性格にうんざりした。明渓が助ける必要はどこにもない。しかし、このまま何もせず春鈴が後宮から去るのを見送るのは、何とも寝覚めが悪い。

「魅音、林杏を呼んできて。風邪が治ったので、医局にお礼の手紙を届けたいの」

「この騒ぎの中ですか？　領依の不貞の相手は医官ですから、今は医局に行かない方がよいと思います」

明渓が何をしようとしているのかは分からないが、嫌な予感がするのだろう。魅音はあからさまに渋い顔をする。

病気が治った礼として、医官にお礼の文や物を贈るのは珍しくない。しかし、今は時期《タイミング》が悪いと言うのだ。

だが、明渓にしてみれば今、行かなければいけない。反対するのであれば自ら行く、と脅しまがいのことを魅音に告げ、準備を始めた。

まずは自室に向かい、紙を二枚机に置いた。一枚には定型文から始まる礼を書き、封には入れず折り畳む。次の紙は小さく切り、そこにこれまた小さな字で何やら書き込む。その小さな紙は匂い袋に薔薇の花と一緒に無理矢理ねじ込んだ。

(多分彼の性格ならこの袋を開けるはず……)

嫌なことに、そう確信めいた自信があった。

最後に台所に行き、新しい高級茶葉が入った筒を風呂敷で包んだところに林杏が来た。

「明渓様、お使いに行くよう魅音さんに言われたのですが」

「ありがとう。医官様にお礼の手紙と茶葉を届けて。それからこの匂い袋は医官見習いの方に」

「女ものの匂い袋ですよ？」

「まだ子供だから、構わないわ」

ではお願い、と明渓はそれらを林杏に預け、春鈴にはひとまず宮に戻るよう伝えた。

（さてと、問題はこれから……）

どうするかと考えていると、

「明渓様、ちょっとお座りください」

肩にポンと手を置かれ、思わず飛び上がる。振り返って見る魅音は、口は笑っているのに目は据わっている。なんとも重苦しい空気が宮内を満たしていった。

「はい……」

その後、お説教は一刻にもわたった。

21　交換条件

静かなはずの早朝の医局に、激しく扉を叩く音が響き渡る。

新人が入ってきても、俺が見習いであること、一番下っ端であることは変わらない。医官達が起きて来る前にさらしや薬の用意をするのが日課だ。しかし、今日はいつもより早く起きて既に全て終わらせている。

どんどんどん

鳴り止まぬ音に早足で扉へと向かうも、開けるまでもなく誰がいるか分かっている。両手で閂《かんぬき》を外すと、はたして数人の刑部の武官が立っていた。

「博文《ブォウェン》の部屋はどこか？」

「新人の部屋は階段を上がって一番奥、博文の部屋は右側です」

俺は頭を下げながら、簡潔に聞かれたことだけに答える。下げた目線の先を足早に通り過ぎる武官達の靴を見送っていると、一人立ち止まる者がいた。顔を上げると顔見知りの武官が目の前にいる。

彼は、他の者に分からぬよう軽く頭を下げるとさらに一歩、歩み寄って来た。

「暴れるかも知れません、二階には上がらずこちらにいてください」

それだけ言うと、また軽く一礼し他の武官を追うように階段を上がっていった。

「いや、違う、俺じゃない!!」

「では、これは何だと言うのか」

「知らない！　聞いてくれ、俺は何も」

「あぁ、話は聞いてやる。おい、早く連れて行け」

二階から怒声が響いてくる。暫くすると、博文が後ろ手に縛られ、引きずられるように階段を下りて来た。さぁ、今日は長い日となりそうだ。

博文が連れて行かれてからも医局は落ち着かない。一人ずつ武官に呼ばれ、何か知っているかと問いただされた。武官の横では、額に青筋を立てた医局長が、本当に何も知らないのかとさらに追い打ちをかけるように問い詰めてきた。もちろん日常業務もあるから兎《と》に角忙しい。

それらがひと段落したのは日が傾いた頃だった。しかし、医局内の騒《ざわ》めきが無くなったわけではない。薬を用意しながら、医具を洗いながらあちこちで噂話が飛び交っている。

「まさか、配属そうそう、しかも妃嬪に手を出すなんてな。妃嬪と交わした恋文が見つかったとなれば、言い逃れはできないな」

「これだから顔の良い奴は」

「いや、お前それはやっかみだろ。妃嬪の方は入内して三年だっけ、花が一番美しい時期なのに見向きもされないってのは辛いだろうが、不貞はねぇよな」

「だから、ああ言う優男《やさおとこ》風が一番怪しいんだって」

「分かった、分かった。お前の気持ちは分かったよ」

どうも、片方の医官は顔に劣等感《コンプレックス》を持っているようだ。噂話とやっかみと愚痴が混ざる会話は、年頃の娘が集まったかのようでやかましい。

特に聞くべきことはないと、違う仕事に取り掛かろうとした時、扉が開いてもう一人の新人医官が入ってきた。

武官のような体躯をしているこの男、なかなか精悍《せいかん》な顔立ちをしており、年齢は二十歳を少し過ぎたぐらい。名を宇航《ユーハン》といい、以前は市井で医師をしていたらしく仕事は手慣れていて、早く正確だ。

「戻りました。私はどの仕事をすれば良いでしょうか」

「じゃ、こっちで一緒に医具の手入れを手伝ってくれ」

先程の二人が手を挙げて新人医官を呼び寄せるが、その目が獲物を捉えた動物のようにギラギラしている。何だか面白そうだ。俺ももう少しここにいよう。

「で、宇航何を聞かれたんだよ」

「何を、と言われましても、同期なんだから他の者よりは親しいだろう、と博文の人となりなんかを」

宇航は医具を磨きながらポツポツと言葉を選び答えるけれど、他の二人の手はすっかり止まっていた。働けよ。

「ただ、親しいだろうと言われても、会ってまだ一ヶ月ですので」

ぶ」

「あぁ、そうだよな。どんな奴かなんか分かんねーよな」

「はい、ただ件《くだん》の嬪とは同郷ということもあり何やら相談には乗っていたようです」

「相談ね—、ま、よくある手だな。いいか、侍女ならまだともかく、妃嬪はやばい。向こうは里に送り返されて実家に何かしらの罰があるぐらいだが、こっちは首が飛ぶ」


そう言って磨き終わった医具を布で包みながら、箱にしまっていく。やけに雑に拭いていたが、一応手入れは終わったようだ。

三人は俺がじっと見ていたことに気づいたらしく、手招きをしてきた。

「僑月、お前も大人になったら気をつけるんだぞ」

近くまで行けば、そう言って頭をぽんぽんと叩いてきた。大人ねぇ……。明渓とい
い、最近やけに餓鬼扱いされている気がする。まったく失礼な話だ。しかし、少なくとも今、目の前にいる医官達よりは気をつけなければいけないだろう。面倒な血筋に生まれたものだ。

「宇航、僑月、これらを棚に戻しておけ」

先輩医官はそう言って、部屋の隅でまだ噂話に花を咲かせている別の医官達のもとへと向かった。仕方なく、医具の入った箱を宇航と一緒に片付けていく。棚の高い場所にも軽々手が届く身長は正直羨《うらや》ましい。

ふと、何かが引っかかった。隣にいる宇航を見上げる。背は博文と変わらないが、体格はひと回りほど宇航が大きい。

この前、ずぶ濡れになって夜中に帰ってきた人影を窓から見た。その人物は足音を忍ばせ階段を上がり、奥へと歩いて行ったのだが、あれは博文だったのだろうか。記憶を辿っていると、医局の扉が叩かれた。

「失礼します。明渓様の使いの者です」

風呂敷を抱えた侍女が一人やって来て、入り口付近にいた医官が対応をしている。

不貞騒ぎがあったばかりなので、一瞬部屋に興味と臆測が入り混じった空気が流れたけれど、侍女から渡されたのが封のしていない手紙と茶葉というありきたりの礼の品だったので、皆すぐに興味を失った。

ただ、なぜか応対をした医官だけは、にやにやと笑いながら俺に近づいてくる。

「よかったな、色男。お前にはこれだと。なんでも妃嬪のお手製だとか」

そう言って、桜色の小さな匂い袋を手渡し、頭をぐしゃぐしゃと撫でてきた。

「お、よかったなぁ。女ものとはいえ妃嬪に匂い袋を貰うなんてそうそうないからな。しかもお手製だ」

俺の隣にいた別の医官が、笑いながら肩をばしばしと叩いてきた。思わず本気で睨みつける。

女ものの匂い袋が意味するところ、つまり、俺は男として見られていないということだ。お子ちゃま扱いされている見習い医官を、皆が笑い者にする。

別にいい、笑いたければ笑えばいい。女ものでも明渓からの贈り物だ。そう思い指先に少し力を入れた俺はそれに気がついた。叫びたいほどの喜びが込み上げてくる。これ以上ここにはいられない。ニヤける顔を隠しながら、とにかく一人になりたくて階段を駆け上がった。

「おいおい、そんなに悲しむことはないさ」

「気にするな、その内嫌でも成長するから」

「ははは、からかいすぎだぞ」

何を勘違いしているのか、検討外れの野次が階下から聞こえたが、構っている余裕はない。部屋に着くと、寝台に飛び込むように寝転び、匂い袋を見る。少し力を込めて触れると、やはりその中に花びら以外の感触があった。

「やっと文の返事がきた‼」

正直もう諦めていた。やはり、妃嬪が医官に文を渡すのが躊躇《ためら》われるのだろうと。だからこそ、こうやって匂い袋に入れてきたのだ。しかも、怪しまれないように女ものの匂い袋に。

逸《はや》る気持ちを抑え、匂い袋の口を開く。その中には、花びらに紛れるように小さな紙があった。紙を開き、小さな文字を目で追えば……。

日付けが変わったころ俺は夜の闇に隠れるよう、黒い布を頭からすっぽりと被る。今夜はいつもの何倍も見回りの宦官がいるので、気を付けながら小さな身体を植木に隠し、目的の宮までたどり着いた。部屋の灯は消え窓も閉まっているが、迷うことなく窓下まで行き、指先で窓を叩く。しかし、反応がない。流石にこれでは気づかないか。そう思い立ち上がると同時に窓が開き、鼻先三寸の所に形の良い目があった。思わず一歩退き、声を上げかけた口を自分の手で塞ぐ。

「そっちに行く」

それだけ言うと、明渓はひらっと窓枠を飛び越えた。淡い水色の夜着は漆黒の闇に舞うと、音もなく地面に着地する。相変わらず凄い身のこなしだ。

『話したいことがあるから、深夜誰にも見つからないように来て欲しい』

そんなことを言われ、舞い上がらない男がいたら見てみたい。案の定、舞い上がっていた俺にとって明渓の話は晴天の霹靂《へきれき》だった。

「それで領依の侍女を自分の侍女にしたいと」

「ええ、どうにかできないかしら」

どうやら文の返事ではないらしい。目の前が暗くなるほどガッカリするも、明渓は上目遣いで俺を頼ってくる。なんだこれ。天然の魔性か。

すっかりその魔術にかかっている俺としては、明渓の望みとあれば何でも叶《かな》えてやりたい。しかし、不貞を犯した妃嬪の侍女を後宮に引き留めるにはそれなりの理由が必要だ。この際こじつけでもいい。何か案はないものか。

宦官の足音に気を配りながら、暫く宙を睨む。そのうち俺の頭に、ひとつの案が浮かび上がった。ただ、それには明渓の協力が必要だ。

「交換条件がある」

「何?」

なぜか顔が引き攣《つ》っている。身構えている。全身が総毛立っているように見えるのは気のせいだろうか。

「これは、先程分かったことで妃嬪達には伝えられていないが、領依の侍女が一人行方不明になっている。その者について調べて欲しい。『詳しい事情を知っているかも知れない侍女を明渓に預ける』という建前で東宮に掛け合ってみようと思う」

「…………」

明渓はポカンと口を半開きにして、じっと俺を見てきた。

「無理か?」

「いえ、そうじゃなくて……、言っているのが筋の通ったまともな内容だったので、びっくりしてしまって」

ちょっと待て。いったいどんな交換条件を出すと思っていたんだ？　この女、俺をなんだと思っている。

明渓は姿勢を正すと、その漆黒《しっこく》の瞳を真っ直ぐ俺に向けてきた。

「では、その侍女について詳しく教えてちょうだい」

そう言われても知っていることは限られている。この件については、帝の名で韋弦《イゲン》が朝から動いていた。とりあえず、先程韋弦から聞いた話を全て伝えることにした。

「侍女の名は雪花《シュファ》、領依とは異母姉妹だ。他の侍女達には、雪花はその立場上、別の場所で話を聞いていると伝えている。行方不明になったとは思っていないだろう」

「彼女が身を寄せそうな所に心あたりは？」

「俺が知っている限りない」

「では」

と言って明渓は深呼吸をひとつした。

「彼女は生きている？」

「……それも含めて調べて欲しいといったら？」

明渓は大きく息を吐くと、覚悟を決めたように頷いた。

22　薔薇とお茶

春鈴が明渓の侍女となってから、数週間が過ぎていた。

雪花が行方不明になったことは、後宮に住む女達は誰も気づいていない。

あの騒動のあと、宦官による見回りが強化された。だから明渓は以前のように侍女に化け、後宮内をうろつくことができない。しかし、悪いことばかりではない。頻繁に皇居に行くことが難しくなったのだ。

そうなると、以前より本を読む時間が増えそうなものの、そううまくはいかない。

明渓は今日も茶会に来ている。僑月との約束を守るために情報収集をしているのだ。

今日の茶会は中級妃の詩夏《シーシ》の宮だ。手ぶらで行くわけにもいかず、在庫処分もかね、乾燥花と、薔薇の花の砂糖漬けを手土産に持ってきた。

詩夏の宮に呼ばれたのは、中級妃の桃《ヤエ》と明渓だった。

「やっと後宮も落ち着きましたね。領依様の一件には本当に驚いたわ」

ふっくらとした頬が愛らしい詩夏が言う。笑顔なのに明渓を見る目は興味津々にギラついている。

「ええ、あんなに大人しそうな方でしたのに。明渓さんもびっくりされたでしょう？まだ、後宮に来て一年も経っていないのに、あの騒動ですものね」

桃は早速、明渓に話を振ってきた。

「……はい、少しお話をしたことがありますが、とてもそんな大それたことをする方には見えませんでした。しっかり者の侍女長が宮を纏《まと》めていたと聞いています」

頻繁に茶会に呼ばれるようになったのは、春鈴を侍女にしたからだ。「以前から知り合いだった」という理由だけで周りが納得するはずがなく、様々な邪推が飛び交っている。この二人もその辺りの事情を聞きたそうなので、明渓は春鈴に話が及ばないよう会話の舵取りをしなければいけない。

「雪花のことね。確かにしっかりしていたかもね、ねぇ桃様」

「そうね。あれをしっかり者と表現するか、野心家と評するかは難しいところですが」

二人の会話は明渓の思惑通りに進んでいく。いい具合に雪花の名前が出てきた。

「その方は領依様の義姉なのですよね」

興味を持ったように尋ねれば、二人の口はより滑らかになる。

「そうそう、絹糸のような髪が自慢なのかいつも垂らしている方で。一度帝とすれ違った時には、その髪を何度も手ですくっていたそうよ」

「ご自分の方が妃嬪に相応《ふさわ》しいと思ってらっしゃったのかしらね。妾腹のお生まれなのに」

言葉に思いっきり棘《とげ》が含まれている。通常侍女は髪を束ねる。おろしているのは妃嬪だけなので、それだけでも雪花の性格が窺える。

「雪花が親しくしていた方はいるのですか？」

明渓の問いに二人は目を合わせ、揃って含み笑いを浮かべた。

「ご自分に自信を持っている方ですから、侍女とは余り話をしなかったわ」

詩夏が意味深な言い方をする。訳すれば、自分こそが妃嬪に相応しいと思っているので、侍女と群れることはない、ということのようだ。それから後は暫く雪花の悪口が続いたが、すでに他でも聞いた内容だった。

(今日も特に収穫はなさそうね)

明渓はこっそりため息をついた。

その後も様々な噂話や、流行りの衣服や簪《かんざし》の話が半刻続き、いい加減うんざりしてきた。にも関わらず、天気がいいからと外に場所を移し西方の茶で点心《おやつ》を食べようと誘われる。

明渓の持ってきた薔薇の砂糖漬けを西洋の茶に入れると、甘い良い香りが漂い二人の妃は大変喜んだ。

しかし、明渓としてはこれ以上噂話に付き合いたくない。庭を見せて欲しいと頼み席を立つことにした。

下級嬪、中級嬪、中級妃、上級妃で住む場所は大まかではあるが分けられており、道にはそれぞれ種類の違う季節の花が植えられている。

明渓が住む下級嬪の宮の辺りには梔子《くちなし》の花があるのに対し、この辺りは紫陽花《あじさい》が綺麗だ。桃色や紫の小さな花で作られた鞠《まり》のような物が、あちらこちらに見える。

道だけでなく、詩夏の庭にも数本植えてあり、その前で立ち止まっていると、視界に見知った顔が入った。

(よかった、会えた)

小さく手招きすると、相手は周りをきょろきょろと見渡し、手に持った洗濯桶を軒下に隠すように置くと、小走りに駆け寄ってきた。

「お久しぶりです、明渓様」

小さな手を顔の前で重ね礼をするのは珠蘭だ。春鈴から、ここが珠蘭の主の宮であることは聞いていた。だから珠蘭にも渡そうと、薔薇の砂糖漬けを小瓶に入れて持ってきている。それを差し出すと珠蘭は遠慮がちに受け取った。

「見つからないように食べるのよ」

べ眺めている。

「よろしいのですか？」

「勿論、あなたに持ってきたのだから」

「ありがとうございます」

周りには聞こえないように声を潜める。珠蘭は小さな指で瓶を摘《つま》むとそれを日に翳《かざ》した。赤みを帯びた液体が日の光のもとキラキラと光るのを、あどけない笑顔を浮かべ眺めている。

「このあたりは紫陽花がきれいね」

「はい、私この花が好きです。あの、明渓様……」

「何？」

「この花も明渓様が持ってこられたように、乾燥花にできますか？」

明渓は首を傾げる。紫陽花は茎に対して花が大きい。出来なくはないかもしれないが、花がその重さで首を傾けてしまうような気がする。

「うーん、したことがないから分からないけれど、コツがいるかも知れないわね」

「そうですか……」

残念そうにそう呟かれると、何とかしてあげたくなる。何かないかと、頭の中を探るといい案が浮かんだ。

「そうだ、こういうのはどう？」

懐紙を出すと、そこにちぎった紫陽花の小さな花を挟む。押し花だ。これなら簡単だし、他の侍女に見つかることもないだろう。

「素敵です」

瞳を輝かせ明渓を見上げる。こんなことでそんなに喜んでくれるならと、明渓は持っている懐紙をすべて珠蘭に渡した。そして、渋々妃達の元へと戻って行く。

――

明渓の後ろ姿を見送る珠蘭の目が、ぼぉーとして、焦点の定まらないものになった。子供の時から時折あったこの感覚にはいつまで経っても慣れない。

どこか遠くから話し声が聞こえる。目の前が霧がかかったようにかすみ、ぼんやりと何かが見えてくる。

深い霧が立ち込める中、二人の妃の姿が浮かんできた。

明るい窓の下、一人の妃がいる。煌《きら》びやかな衣装、繊細な模様が彫られた銀の簪には水晶がひとつ。さらにその下に銀の鎖が連なり、小さな水晶が二つ揺れている。

腹に二人目の子が宿ったと分かった時、帝が妃に贈った簪だ。大きな水晶は妃を、小さな水晶は元服を迎える息子とお腹の稚児《やや》を表しているらしい。

一ヶ月後に控えた東宮の元服の用意は、順調に進んでいる。妃は部屋の中央に吊るされた、自分の背丈を超えた息子の衣装を手に取る。黒地に金糸と銀糸で龍が描かれ、龍の周りには吉兆を示す紫の雲が流れるように刺繍《ししゅう》されている。ほつれや傷がないかを、つい何度も確認してしまうのは息子を思う母心だ。

「無事にこの日を迎えられるなんて」

帝の長子であることは、良くも悪くも常に視線を集める。倒れた毒見役は何人いただろうか。これからも気が安まることはないだろうが、味方が一人増えることは頼もしいと妃は思う。

「兄の助けになるのですよ」

膨らんできた腹に声をかけたら、弱くだが蹴って応えた。妃は愛おしそうに腹を撫でる。

どんどん、と静かな部屋に荒々しい音が響く。侍女が扉を開けると、青い顔をした年配の侍女が立っていた。彼女が取り乱すのは珍しかった。

「暁華《シャオカ》妃が男児を出産なさいました」

「そうですか。では、祝いの品を……」

「死産でございます。出血が止まらず妃は子宮を失わざるを得ませんでした」

――場面が変わる。

暗い部屋の中で青白い顔の妃が一人寝台の上にいる。髪は結われることもなく無造作に垂らされ、その内のひと束が顔にかかっている。唇に潤いはなくひからびており、目は生気なく胡乱《うろん》に宙を見ている。

どうして自分ばかりが、と思わずにいられない。五年前に産んだ青周が元気に育ってはいるが、次の子は流れた。皇后の子が元服を迎える年、三人目が腹に宿ったのに、産声を上げることはなかった。激しい腹の痛みと出血で目の前が暗くなり意識が遠のいていった。

妃が再び目覚めた時、子はもう孕《はら》めないと震える声で医官は告げた。

皇后の腹には二人目の子が宿っている。呪いが形となり、人を殺《あや》める事が可能なら、今頃この妃の呪によって皇后は生きていないだろう。そしてこの妃が呪いたい女はもう一人いる。

「低い身分でありながら帝の子を孕んだあの女が憎い。憎い」

うわごとのように呟く。いつの間にか、寝台の横に飾られていた薔薇の花を妃は握っていた。緑の小さな棘から血が滴り落ちているが痛みは感じない。

「薔薇の花より鮮やかなこの血で後宮を塗りつぶしてしまいたい。何もかも赤く染めてしまえば、この気持ちも少しは晴れるかもしれない」

暗く重い呟きが、静かな部屋に響いた。

「……ら……ん、珠蘭」

珠蘭は自分の名前が呼ばれていることに気がついた。仲の良い侍女が、軒下に置いた洗濯桶を持ちながら、朱蘭を探している。

先程見た人達はなんだったのだろう、と思う。人より良く聞こえる耳を持つせいで、遠く離れた場所で交わされる会話も聞こえてしまう。でも、時折見てしまう不可思議な光景については、説明が難しくて誰にも話したことはない。

辺りを見回すと、庭の真ん中で三人の妃嬪がお茶を飲んでいる。主と、その友人、そしてもう一人は侍女の姿で時々出歩いている変わり者の嬪だ。変わり者だが、珠蘭はその嬪と会話をするのが好きだった。三人は現皇后と、東宮を産んだ前皇后の話をしているのがこの距離でも分かった。

だからあんな幻覚を見たのかと自分を納得させると、洗濯桶を持っている侍女の元へ小走りで向かって行った。

……つまり、と明渓は二人の話をまとめる。

「元服がある年には、不吉なことが起こる、ということですか」

珠蘭と別れて、渋々お茶会に参加している。西方の茶に合わせてか、点心は西洋風の焼き菓子で、これは明渓の口に合い、もう一つぐらい貰ってもいいかなと目の前の皿を見ながら考える。

「そうなのよ、それも一つではなく複数ね。東宮の元服の時には、現在の皇后の子が死産になったし、他にも帝の子を宿していた妃嬪が自害したらしいの」

「前皇后も二人目の子を産んで直ぐに亡くなられたしね」

詩夏と桃がずいっと前のめりになる。二人ともこの手の話が好きなようだ。

「それにね、これはあくまでも噂なんだけれど」

詩夏はさらに声を潜める。自分の宮なのに。

「前皇后の死も、妃嬪の自害も、暁華皇后の呪いらしいのよ。それから、第四皇子が小さい時から病がちで何度も死にかけたのも、同じく呪いと言われているわ」

「呪い、ですか」

どうも後宮では、定期的にこの類の話を聞く機会があるようだ。明渓は勿論そんなことは信じていない。このままでは不貞騒ぎさえも呪のせいにされそうだ。いい加減本気で帰りたくなってきた。それなのに、二人の話はまだ続く。

「他にも呪い殺された妃嬪や武官、宦官も沢山いるらしいわ」

「でね、その人達の死体は秘密裏に集められ、側近の手によって暁華皇后の薔薇園に埋められているらしいの。だから、赤い薔薇はその血を吸いより赤く染まり、夜には真っ赤な血を滴り落とすそうよ」

そう言うと、二人はたっぷり薔薇の砂糖漬けが入った茶を飲み干した。くわばらくわばら。

23　枇杷

妃嬪達とのお茶会では、なかなか有力な情報は得られなかった。さて、どうしよう、と行き詰まっていると、何だか庭先が賑やかだ。様子を見に行こうと腰を浮かした時、勢いよく部屋の扉が開けられた。

「明渓様、急いで用意してください。香麗妃からお茶会へのお誘いです！」

見れば手に紙を持っている。いや、握りしめている、と言った方がいいだろう。

東宮妃が、後宮の妃嬪を茶会に誘うことは時折あると聞いている。もっとも、明渓のような下級嬪が誘われるのは異例のことだ。来られないのであれば正式に呼べば良いというのがこの茶会の理由だろう。

魅音によって恐ろしい速さで、髪を結い上げられ、簪を二つも挿される。薄づきの白粉をはたかれ、目尻と唇にも朱もいれられた。

迎えにきた宦官に北門まで送ってもらうと、馬車が待っていた。

（そうか、今日は妃嬪として正式に招かれているからね）

なるほどと思いながら馬車に乗る。窓の外の景色を随分久しぶりのように感じていると、あっと言う間に朱閣宮に着き馬車から降りた。

門の前には見慣れぬ黒塗りの馬車があり、横から見ると皇族の紋が入っている。

（出掛けるのかしら？）

茶会だと聞いていたはずと思っていると、陽紗《ヨウシャー》と雨林《ユーリン》が足元に抱きついてきた。

「明渓、早く遊ぼう」

「あそぶー」

二人の子供に足を固められ、動けないでいると香麗妃が現れた。

「二人とも明渓を離してあげて。それから久しぶりね」

公主達の手が離れるのを待ってから、明渓は手を重ね頭を下げる。

「お久しぶりです。本日はお招き頂きありがとうございます。お茶会と聞いておりましたが、これから何処にお出かけになるのですか？」

「今日は良い天気だから、枇杷《びわ》を採りに果樹園に行こうかと。雨が多く、最近外で遊べず鬱憤《うっぷん》が溜まっているこの子達の放牧もかねてね」

見れば、公主二人は外遊びが楽しみなのか、先程から馬車の周りをぐるぐる走っている。確かに、余りに余っている元気を発散させた方が良さそうだ。

（にしても、何故僑月がいるの？）

香麗妃の後ろから現れた僑月が、いつも以上にぽーっとした表情で明渓を見ている。半開きの口に虫が飛び込まないかと、ついつい期待をしてしまう。

「とりあえず、行きましょうか」

走り回る雨林を抱き上げ、香麗妃がそう言った。


枇杷園は、薔薇園に行く途中にあった。今が食べ頃の実が木にたわわになっている。陽紗が短い腕を一生懸命に伸ばし飛び跳ねているけれど、届く気配は全くない。すると、側で見ていた僑月がひょい、と抱えて採らせてやっていた。

（……幼いとはいえ、皇族の姫に男性が気安く触れるなんて有り得ない。それが出来る人物はごく僅《わず》かしかいない）

東宮と顔見知りで、自由に後宮と皇居を行き来できる人間なんてそうそういない。それを聞くべきか、聞かざるべきか、どう切り出すか、顎を人差し指で叩きながら考えを巡らす。

（どういう理由で、医官見習いをしているか知らないけれど、帝王教育の一環かしら）

その幼い横顔に、肩に、色々背負っているのだなぁと思うと、子供のうちぐらい自由にしても良いのでは、と思う。ただ、余り自分に興味は持たないで欲しい。

侍女達がお茶の用意をしてくれたので、とりあえず頂くことにする。席に座ったのは二人だけで、残りの三人は枇杷採りに夢中になっている。こうして見ると三人の笑った顔が似ているように思う。

「枇杷がお好きなのですか？」

「東宮が特にね」

少し、話を振ってみようかなと明渓は思う。

「……東宮は、香麗様を溺愛されてますよね」

「あら、そう見える？」

ふふふっと可愛らしく香麗妃が笑う。

「ぜーったいに私を側室にするつもりはないですよね？」

「あらあら、そう思う？」

またしても、ふふふっと笑う。

「私は何故、ここにいるのでしょうか？」

明渓は真っ直ぐに香麗妃の目を見る。一瞬だけ見開いたその目は、やがて悪戯《いたずら》っぽく細められた。

「どうしてだと思う？」

（絶対に、楽しんでいるな。これ）

こうなったら、もう少し話を続けて掘り下げてみようと思った。

「私は、どなたかの妃候補でしょうか」

「そうね。う～ん、色々な方が貴女に興味を持っているみたいよ」

「持たれても困ります」

明渓はそう言って、お茶を一口飲む。美味《おい》しい緑茶だった。

「それに、私の方が年上です」

「あら、そんなに気にする程のことかしら」

「……まだ元服されていません」

「そうね、でも私が嫁いだのは東宮が元服してまもなくよ」

「そんな、先の話……」

明渓が話すのを香麗妃は手で遮り、その手で右側を指さす。

「先程から、ず――っとこっちを見ている子がいるんだけれど、少し相手をしてやってくれないかしら？」

「嫌、と言ってもよろしいでしょうか？」

「あら、東宮妃の願いよ」

（それは、ずるい）

この状況で身分差を持ってこられると何も言い返せない。明渓が渋々席を立つと、香麗妃は手を振ってにこにこと見送った。足を向けたその先には満面の笑みの僑月がいる。

「僑月も枇杷が好きなの？」

「好きと言えば好きだけれど、俺が集めているのはこれだよ」

見せて来た籠の中には、青々とした枇杷の葉が沢山入っている。

「枇杷の葉をこんなに集めてどうするの？」

「薬にするんだ。枇杷の葉には痰《たん》を除く作用があるから、幼い時にはよく世話になった。他にも胃の調子を整えてくれるし、葉を煎じた汁は皮膚炎や汗疹《あせも》にも効き目がある、ま、結構万能薬なんだ」

「……ちゃんと、勉強しているのね」

「まあな！」

僑月は胸を張り、嬉しそうに鼻をかく。見習いとは名ばかりでいつもふらふらしていると思っていたけれど、きちんと学び始めたようなので少しは見直してやろう、と明渓は思った。

「手伝うわ」

袖をめくり枇杷の葉を取るのを手伝い始める。

「枇杷の葉を浴槽に入れれば、疲労回復や肌を白く美しくする効果があるから、何枚か持って帰ればいいよ。ま、明渓はそんなことしなくても……その……綺麗……というか」

「？」

真っ赤な顔をして、僑月が何か言っているが、最後の方はもごもごしていて聞き取れなかった。特に気にする必要はないだろうと、明渓は手を動かす。

（疲労回復か……薔薇園に行った時、青周様が暫く忙しくなると仰っていた気がする。薔薇のお礼もまだしていないし）

「青周様は、今皇居にいらっしゃるのかしら？」

「……どうして、この話の流れでその名が出てくるんだ？」

なんだか目が据わっている。

「以前、沢山の薔薇を頂いたのにお礼をまだしていなかったから。お忙しいようだしちょうど良いかと」

「ほうー、薔薇の花」

じとりと明渓を睨んだかと思うと、八つ当たりするかのように枇杷の葉を引きちぎり始める。そういうところが子供っぽいと明渓は思う。

「……青周様は都にはいないよ。今は西の国境にいるから」

唇を尖《とが》らせながら僑月が言う。渋々ながらも教える気はあるようだ。

「国境？　何か不穏な動きでも？」

「いや、毎年この時期は慰労と視察を兼ねて出かけている。だから、すぐ帰ってくるよ」

そう言うとまたぶちぶちと葉を取り始めた。

「ねぇ、枇杷の木って、何で庭に植えちゃダメなの？」

いつの間に側に来たのか、陽紗が僑月の服を引っ張りながら聞いてきた。

「うーん、枇杷の葉は万能薬だから、庭の枇杷の木目当てに病人が集まって、その人達から病を貰ってしまう、って聞いた事があるな」

「じゃ、お母様、私の宮には病人は集まらないから、植えてもいいと思うよ」

振り返ると、これまたいつの間にか香麗妃がいた。

「ふふっ、そうね。東宮もお好きだし、数本お願いしてみる？」

枇杷の木を庭に植えると家族から病人が出る、と昔から言われてはいるが、理由は僑月が話したことだけではない。

「あの、……枇杷の木は葉が落ちないので、夏場は木陰を作り良いのですが、その代わり風通しが悪く湿気が籠りがちになります。湿気も病を呼びますから、余り好ましくないのではないでしょうか」

「あらあら、そうなの。それなら陽紗、諦めましょう。いつでもここに採りにくればいいんだし」

そう言って、香麗妃は身をかがめ陽紗の顔を覗きこんだ。しかし、陽紗の様子が先程と違う。顔色が悪いと思ったら急にしゃがみこんで、腹を抱え始めた。

「どうしたの？　陽紗、お腹が痛いの？」

香麗妃が心配そうに我が子のお腹をさする。

「香麗様、少しよろしいでしょうか？」

僑月がそう言って、草の上に手拭いを敷くと、ゆっくりと横に寝かし腹を触り始めた。陽紗は時折痛そうに顔をしかめる。

「陽紗、枇杷いくつ食べた？」

陽紗は苦しそうな顔のまま指を折っていく。右手の指、ついで左手の指……どうやらそれでも足りないようだ。

「食い過ぎだ。帰ったら胃薬をやるからな」

そう言うと、僑月はひょいと陽紗を抱えて馬車に向かい、香麗妃が後に続いた。

（公主を敬称なく呼んでいる）

明渓が既に何か勘づいていると知ってか知らずか、それとも自分の思い違いなのか。

どうしたら良いものか、と考えながら僑月が採った枇杷の葉が入った籠を抱え、二人の後を追った。

24　夏夜の宴　灯籠

侍女が行方不明になってからすでに二ヶ月以上が経ったけれども、まだ手がかりは掴めていなかった。

そんな中、今宵、夏の一大行事である夏夜《かや》の宴が行われる。そのため、朝から後宮中が浮き足立っていた。今回が初めての魅音は、朝から春鈴を捕まえて昨年の様子をあれこれ聞き、それを留守番の林杏《リンシン》がうらめしそうに見ている。


「凄ーい！」

数多《あまた》の灯りの中、珍しく本以外のことで明渓が瞳を輝かせる。

後宮の真ん中には池があり、百を優に超える灯籠《とうろう》が浮かべられている。その間を縫うように船が数隻《せき》浮かんでいた。船にも装飾がされ、篝火《かがりび》が焚《た》かれており、対岸から見るとそれだけでも幻想的だ。一際大きく、大小様々な灯りで縁どられた船には帝が乗っている。皇后は体調がすぐれないからと今年も欠席らしい。

よく見れば、水面に浮かべられた灯籠に張られた紙にも、夏の草花が描かれており、なかなか手の込んだ作りになっている。

その池を、大勢の妃嬪がこれでもかと着飾り取り囲む。それぞれ手には意匠を凝らした提灯が持たれていた。

帝が船を降りて池の縁に立つこともあるらしく手は抜いていない。

それに、この宴には帝以外の皇族も参加されるということで、妃嬪達の気合いの入れようは格別のようだ。ちなみに、元服していない子供達はお留守番らしい。

そんな中、明渓もやはり飾り立てられている。白粉をはたき、目尻には朱を塗られ、簪を挿された。帝の目に留まることはないと分かっているので、最近は抵抗するのも面倒臭く、されるがままになっている。

普段、好き勝手しているから、たまには言うことを聞いておこう、ぐらいには思っている。

池側に張り出すように作られた舞台の上では二胡や琴の音が響き、華やかな衣裳を纏った女達が肩巾《ひれ》をなびかせながら天女の如く軽やかに舞っている。

隣を見れば初めて見る魅音だけでなく、春鈴もその光景に見入っていた。

明渓もこの宴は綺麗だと思うけれど、そもそも妃嬪として振る舞うことが窮屈で好きではない。加えて、侍女が常に側にいるのも落ち着かない。

池の周りは多くの人でいっぱいで灯籠の灯りがあちこちにあるのに対し、池から離れると人は殆どいなく、暗闇が広がっていた。

（これだけ人がいたら、はぐれても不思議ではないよね）

不埒な考えが頭をよぎった。魅音達に見つからないように、一歩、また一歩と後ろに下がる。

明渓の影が闇ともうすぐ同化する、という所で突然腕を引っ張られ木立の間に連れ込まれた。鳩尾《みぞおち》あたりを一発なぐろうかと身構えた瞬間、頭の上から布をふわりと掛けられ、慌てて顔を上げる。すると、そこには見知った顔があった。切れ長のまだあどけない目が間近で笑っている。

「走るぞ」

そう言って、手を握られいきなり駆け出したので、明渓も頭から掛けられた布をもう一方の手で押さえ、顔を隠しながら暗闇の中を一緒に走り抜けた。

「ここまで来れば大丈夫だろう」

東の雑木林の前で立ちどまり、僑月が振り返りながら言う。明渓と同じく息切れはもうしていなかった。

「どうしたの？」

「ちょっと見せたいものがあってね。明渓、手を引くから目を瞑《つむ》って……て、なんで睨むんだ！　別にやましい気持ちはないぞ」

明渓は断固として拒否したものの、何度も頭を下げるので、最終的には渋々目を瞑った。

（不審な動きを感じたら殴る）

そう決意しながら手を引かれ暫く歩いた。

「着いたぞ。目を開けて」

その声にゆっくり目を開けた明渓は感嘆の声を上げた。

「凄い!!　これ全部僑月が用意したの？」

目の前にある池には十数個の灯籠が浮かんでいる。そればかりか、周りの木の枝にも小さな行灯《あんどん》がぶら下がっていて、池全体が闇に浮かび上がるようだった。

後宮の中央にある池の華やかさには到底及ばないが、これはこれで良いと思った。いや、むしろこちらの方が好ましくさえ思えた。

「これぐらいしかできなかったけどな」

そう言って横を向いた顔は行灯の灯りのせいだろうか、頬がほんのりと赤い。

明渓はゆっくりと池に近づくと、しゃがみ込んでその灯りを眺めたあと、突然靴を脱いだ。そして服の裾を膝上までめくりあげたかと思うと、池の縁に座りその足を水の中に入れた。

魅音がいたら絶対に止められるな、と思いながらその白い足で小さな水飛沫《しぶき》を何度もあげる。

波紋が広がり灯籠の灯りがゆらゆらと揺れ始め、木々の影もつられるように動き始める。暫くその幻想的な景色に見入っていると、気づけば、隣で同じように僑月も池に足を浸していた。

「ここにいて大丈夫なの？」

「下っ端は医局で留守番って言われたから、少しぐらい出歩いても問題ないよ」

留守番がいないのは問題なのでは、と思ったけれど、目の前の灯りが綺麗なので、口に出すのをやめ、しばらく二人でその灯かりを眺めていた。

「他の医官様は見物？」

「いやいや、一応仕事しているよ。池の東西南北に簡易の詰所を作り、刑部の武官と一緒に何かあれば対応できるよう待機しているはずだ。表向きは」

実際は、医官も武官もそれなりに楽しんでいるのだろう。帝を含め皇族達は船の中にいる時間が大半な上、側近の護衛がいる。武官達もそれ程することはなさそうだ。

はしたないついでに、とばかりに明渓は足を池に浸けたまま、ごろりと寝転がる。上半身を草むらの上に投げ出し、結い上げた髪が潰れているが、気にする様子はない。なんだか、隣の僑月がおどおどと赤い顔で挙動不審極まりないけれど、いつものことだと放っておくことにした。

「僑月も寝てごらんよ」

「えっ、いや、それは…」

「星が綺麗だよ」

明渓が頭上を指差す。池の真上だけ木々がなく、ポッカリ空いている。そこから、墨を落としたような夜空に黄色い月が浮かんでいるのが見えた。僑月は暫く逡巡《しゅんじゅん》したあと、明渓の横にどさっと寝転がった。

「そう言えば、初めて会った夜も星を一緒に見たな」

「あの時は秋だったわね。今は夏だから……あれが、夏の大三角形で、あの星が……」

楽しそうに話すその横顔を見つめる目に明渓は気づかない。月明かりと行灯に照らされた肌はいつもより白く浮かび上がる。紅を塗った艶やかな唇が動くさまを僑月は吸い込まれるように見つめていた。

ガバッと突然僑月が身体を起こす。

「明渓、俺……」

見上げると、そこには見たことのない真剣な表情があった。熱を孕《はら》んだかのような潤んだ目が、提灯の灯かりの下で揺らぎながら明渓を見下ろしている。

「明渓に言わなければいけないことが……」

その時だ。雑木林まで響く怒声が聞こえてきた。何だか、中央のあたりがどよめい

ていて、風が悲鳴にも似た甲高い声を運んできた。明渓と僑月は顔を見合わせると、

「僑月、行こう！」

言うが早いか、明渓は起き上がり靴を履いて声の方へと走りだした。

25　夏夜の宴　事件

俺達が池の見える場所まで辿り着くと、青い顔をした妃嬪が右往左往していた。刑部の武官や宦官が、妃嬪達に自分の宮に戻るよう説明したり、または送って行ったりしている。近くにいた宦官を引き留め、何があったか聞くと、東宮の船に矢が射られたらしい。隣で聞いていた明渓の顔色がさっと変わったのが、行灯の灯かりの下でもよく分かった。

「それで、東宮達は？」

「お二人ともご無事だ。船は今、北の詰所に停まっている」

ひとまず安心するも、弓が射られたとあっては一大事だ。

「明渓様、あなたは宮に戻ってください。こちらの宦官に送らせましょう」

何か言いたげな明渓を無理に宦官に預ける。預けられた方も、何故こんな子供に指図されなければならないのかと不服そうだが、気にしてはいられない。

幾人かと肩がぶつかり、何度か怒鳴られながら北の詰所へと向かう。ここには韋弦がいるはずだ。しかし、詰所と船を大勢の武官が取り囲んでいてその姿は見えない。小柄な身体を恨めしく思いながら、背伸びして探していると詰所の左端にそれらしき人影が見えた。

「韋弦様、」

声を上げ、大柄な武官達を掻き分けながら叫ぶと、韋弦が慌てた様子で駆け寄ってきた。手を掴まれ比較的人が少ない木の下へと連れて行かれる。

「どちらに行かれていたのですか？　留守番をしていない、姿が見えないと聞いてどれだけ心配したかお分かりですか」

低く、小さな声だ。しかし、長年の経験からかなり怒っているのが分かる。

「すまない、勝手なことをした。それより、何があった？」

それより、とは何だと言う顔をしながら、韋弦は早口で説明をした。

船は反時計回りにゆっくりと池を周遊していた。それが東の詰所から北の詰所に向かっている時に、船内から女達の悲鳴と護衛の怒鳴り声が聞こえてきた。慌てて外に出てみると、船が詰所の横の船着場へと向かって来るところだった。

詰所にいたのは、韋弦、宇航と武官が三名。船から出てきた護衛の者から話を聞き、武官一人を残して四人で船内に向かった。

船の中は騒然としていた。護衛の者に囲まれるようにして東宮と香麗妃がいる。妃の顔は青を通り越して白く、東宮の胸に顔を埋め震えていた。二人は船の真ん中より少し先端寄りの場所に椅子を置いて灯籠を眺めていたらしく、弓矢は座っている香麗妃の右腕から三寸程横を掠《かす》め、後ろの船の壁に刺さったようだ。

「弓矢に毒は？」

「ありません。弓矢は通常のものを半分程の長さに折ったものでした」

「折れていた？　壁に刺さっていたのだろう？　だとしたらいつ折れたんだ」

矢は放たれ、香麗妃の横を通り壁に刺さる。その間に折れるとは考えにくい。

「分かりません。折れた矢は護衛の者が回収しました」

「香麗妃の様子は？」

「私が確認したところ、脈が速く気が動転されていらっしゃいました。今は、医官と共に馬車で朱閣宮に向かっております」

韋弦の目線が俺の後ろで止まった。振り返ると、顔見知りの武官がいた。以前、医局に博文を捕まえに来た時にいた武官で、俺の姿を確認すると、ほっとした様子で足早に近づいてくる。

「良かった、ご無事でしたか」

「うむ、心配かけたな。それで、どこから矢が射られたか分かったか？」

「はっきりとはまだ分かりません。ただ木の上で奇妙な灯りを見た、と証言をする者が何人かいました」

「場所は？」

武官はまっすぐ北を指す。東から北に向かう時、船の先は北向きになる。灯りが見えた場所から真っ直ぐ矢を放てば、船首にいた東宮達を狙うことは可能だ。

（一度船内を見てみたい）

そう思った時だ。再び後ろから声をかけられた。

「葦弦、怪我《けが》人を見てくれ」

振り返ると今度は意外な人物達——明渓、青周、そして魅音を抱えている青周の部下がいた。

「明渓様、どうしたん……どうしましたか？　宮に帰られたのでは？」

魅音がいる以上、砕けた話し方はまずい。一瞬だが俺を見る目が鋭かった。

「いや……うん、そうなのだけれど、何だか気になって。侍女ともはぐれていたし……」

歯切れが悪い上に目が泳いでいる。

「船の様子が気になって、戻ってこられたのですね」

明渓は気まずそうに視線を逸らすと、こくんと頷いた。

「さっきの宦官は？」

「さぁ、はぐれたわ」

「まきましたね」

今度は何も答えずそっぽを向く。あぁもう、俺の人選ミスだ。明渓は宦官ごときの手には負えない。

「それで、この状況はどういうことでしょう？」

「あっ、それは、ここに来る途中の階段の上で魅音に会ったのだけれど、そこで魅音が階段から落ちてしまって。それで、足を痛めて困っていた所に同じく船を見に来た青周様に会って……」

で、青周の部下が魅音を抱えて詰所に来たらしい。

「あの、その方の治療を致しますので、詰所の中に運んでいただけますか？」

韋弦が魅音と部下を詰所に案内する。俺はその後ろ姿を見送った。見習い医官なら一緒に行くべきだが、今はこっちが先だ。

「青周様がわざわざこちらにいらっしゃったということは、これから船の中を見に行かれるおつもりですよね」

「そうだ、と言ったら？」

「私も行きます」

だろうな、という顔であっさりと頷いてくれた。しかし、

「私も行かせてください」

「はぁ？」

「はぁ？」

明渓の申し出に、思わず声が揃ってしまう。何だかとても気まずい空気が流れる。

「いや、明渓はだめだ」

「青周様のおっしゃる通りだ。魅音の治療が終わり次第今度は武官に送らせよう」

流石に武官相手では逃げられないだろう。確信はもてないが。

「青周様」

明渓は俺をいない者として、青周を見る。おいっ、人の話を聞け。

「青周様は、私に皇族の方に起こったできごとは知っておいた方が良い、そうおっしゃいましたよね？」

「……あぁ、言ったかな」

いつの話だ。俺は知らないぞ。勝手に二人にしか分からない世界を作らないでくれ。

「私も行きます」

明渓は堂々と勇ましく、あの青周に言い放った。その勢いに半歩下がりながら青周は頷く。すごいな、青周がたじろぐとこなんて、初めてみたぞ。


その船の船首の意匠はかなり凝っていた。木彫りの花が四個ついており、その内二つの花は正面に向かって開いている。残りの二つは花の左半分が水面に、右半分が船内側に広がっており、横から見た時に花が開いているように見える。花びらも、その縁の部分を除いてくり抜いており透かし彫りのようになっていた。

これは、船が反時計回りに進む事を考えて、真正面、池の縁どちらから見ても、大輪の花が開いて見えるように考えられたものだ。

その花びらの一つに手を置きながら、俺は護衛をしていた武官の話を聞いている。

今船にいるのは、東宮の護衛をしていた武官達だけ、故に全員俺が誰だか知っている。船に入る際、明渓だけが呼び止められた。青周が「俺の知り合いだ」と言うと納得したように引き下がったが、俺が止められなかったことに対し、明渓は疑問を持っていないようだった。

聡い女だから、今までの朱閣宮のやり取りから、俺が誰なのか気づいているだろう。聞いてくれればいつでも答えるつもりでいるのに、その気配は全く見せない。それならいっそこちらから明かすかと思い、呼び出したらこの騒ぎだ。

武官の説明は韋弦のそれと同じだった。初めて話を聞く二人は眉を顰《ひそ》めながら、一言も聞き漏らすまいとしていた。

俺がその合間に、折れた矢を見たいと頼むと、まだ船内にあったようで持ってきてくれた。矢尻はなくギザギザに折られており、よく見るとキリで開けられたような小さな穴が開いている。自然な穴ではなく、明らかに人工的な穴だった。

その後は、実際に香麗妃が座っていた場所と矢が突き刺さった跡を確認する。

「青周様、灯りが見えた場所から弓でこちらを狙えますか」

明渓の問いに青周は腕組みをし、首を捻る。

「距離はあるが、剛腕の持ち主なら届く距離だ。狙いを打ち抜く正確性も含めて考えると、軍部の中でも、これだけの腕を持つ者は片手で足りるだろう」

そして、この男はその片手に入っている。やっかみだと分かっていても、その整った横顔を睨まずにはいられなかった。

26　夏夜の宴　謎

船首についている花の飾りの間には、明渓の背丈程ある燭台がある。夜風に蝋燭《ろうそく》の光が頼りなげに揺れている中、一つだけすでに燃え尽きている蝋燭があった。

明渓は近くにいた武官を捕まえる。

「蝋燭は全て同時に灯されましたか？」

「ああ、出航前にまとめてつけたからな」

では何故一つだけ短いのか。明渓は次に香麗妃が座っていた椅子を指差す。

「あの椅子に座っても良いですか？」

「あちらの椅子は東宮妃のもの。妃嬪を座らせるわけにはいかない」

ぎろりと睨まれ、思わず首を竦《すく》める。すると夜風が背後から香の匂いを運んできた。

「俺が許可する。これは俺の知り合いだと言ったはずだ」

すぐ真上から声がし、頭の上に手を置かれた。

「承知致しました」

はっとした顔をし、武官が頭を下げ後ろにさがった。明渓としては意味深な言い方はやめて欲しいが、今は便乗した方が良いかと反論するのはやめた。

青周のあとに続き椅子までくると、しゃがみ込んでその脚に触れる。

「この椅子は固定されているのですね」

「あぁ、池は穏やかだが、風の影響で揺れる事もある。だからお二人が座られる椅子は甲板に杭で固定している」

明渓は椅子に座りぐるりと甲板を見渡す。なんとも言えない違和感を感じるも、その理由が分からない。

「何が気になるんだ？」

いつの間にか隣にきた僑月が明渓の顔を覗き込む。その手には折れた矢がにぎられている。

「これは？」

「香麗妃に向けて射られた矢だ」

通常の半分ほどの矢。しかも小さな穴が開いている。明渓は弓矢を引いたこともある。武具好きな年上の従兄弟と一緒に様々な武具が描かれた書物を読んだこともある。弓矢を僑月から借りると、先程までいた船首に向かって歩き始めた。僑月と青周は顔を見合わせ、そのあとに続く。

蝋燭が燃え尽きた燭台の前で立ちどまると、次に透かし彫りをされた花の飾りに触れる。鈍い月明かりが白い肌を闇に浮かび上がらせた。

トントンと顎を指で叩きながら、花、蝋燭、椅子と目線を動かし、最後に持っている弓矢を見る。

「青周様、通常弓は七尺以上あり、矢の長さは三尺程ですよね。しかし十字弓《ボーガン》なら、本体も矢もその半分程の長さだと本で読みました。この折れた弓矢は十字弓とよく似た長さではありませんか？」

「そうだな。しかし、十字弓の飛距離は短いので対岸からでは届かないぞ」

「でしたら、対岸から射なければ良いのです」

明渓の言葉に二人は目を丸くする。

「待て、では対岸の木に灯りを見たというのは嘘になるのか？」

僑月の問いに明渓は首を振る。

「複数の人が見ているので灯りはあったのでしょう。協力者に頼んで提灯を木の枝に上げればよいだけです。人の目に留まったのを確認してから木からおろし、あとは何喰わぬ顔をして持っていれば問題ありません。今日は提灯を持っている人ばかりなので目立ちませんからね」

今度は、燭台を指差す。

「この蝋燭だけ、燃え尽きています。蝋燭はその種類により燃え尽きるまでの時間が異なります。例えばですが、この内側に張り出した花びらの下の方に十字弓を固定します。透かし彫りの間に紐を通せば安定しますし、燭台は高さがあるので下の方は暗く目立ちにくいでしょう」

船を灯りで飾り立て準備をしている間は人の出入りも多いだろうし、東宮達が乗る前だから護衛の者もいない。紛れ込んで、細工をする事は可能だ。

「十字弓を細工する際、犯人は燭台にも細工をしました。蝋燭を早く燃えるものにすり替えたのです。その際、燭台の中央にある蝋燭を刺す尖《とが》った部分に糸をつけます。十字弓の弦をはった状態で矢をつけ、矢に開けられた穴に先程の糸のもう片方を通したあと、透かし彫りに結びつけます。こうすれば、矢を弓に固定できます。蝋燭が燃え尽きると同時に糸が焼き切られ矢が放たれる、というわけです」

矢の後ろがギザギザに折れていたのは、弦に引っかけてより固定させるためだろう。

「しかしそれだと、十字弓が残ってしまうぞ?」

僑月が腕組みをして問いかける。

「でしたら犯人は船に乗り、十字弓を処分するしかないわね。これはあくまでも可能性の一つだけれど、騒ぎが起こってから船に乗った人物を洗い出してはどうかしら」

その言葉に、青周が反応した。一人の武官の元に行くと、何やら指示を始めている。あとは任せれば良いかと思った時、一つの疑問が浮かんだ。

(どうして、狙われたのが香麗妃だったの?)

狙うなら東宮のはずだ。二人は並んで座っていた。ここまでの仕掛けをしてわざわざ香麗妃を狙う意図が分からない。

（そのあたりは青周様も気づいているはず）

妃嬪の明渓にできることは限られている。もうこれ以上は良いだろうと思い、船から詰所を見れば、手当てを終えた魅音の姿があった。今から行っても、怒られるのは火を見るより明らかだけれど、戻らないわけにはいかない。

（こんなことなら、普通に宴を楽しめばよかった……）

27　護衛

夏夜の宴から七日が経ったが、犯人はまだ見つかっていない。にも関わらず、明後日には第四皇子の元服の儀が行われる。

皇族は元服の儀が終わるまで本来の名前を明かさない。それは昔、名前を知れば呪《じゅ》詛《そ》がかけられると信じられていたからだ。今時そんなことを信じている人は殆どいないけれど、それが風習となって残っているらしい。

本来の名を知っている人間は親、兄妹ぐらいで、その名を口にするのは他者がいない時だけと言う徹底ぶりだ。

第四皇子の元服の祭事は、神官の祝詞《のりと》が響く中、皇族と高官の立ち合いのもと行われ、時間としては四半刻程らしい。

その後、別の建物に移動し、そこの広間で宴が行われる。

何故、明渓がそんなに詳しいのか――それは数日前に遡《さかのぼ》る。


朝夕は少し涼しい風が吹き出したが、日中はまだまだ暑い。茹《う》だるような暑さの中、僑月が何故か差し入れてくれた夏蜜柑を、明渓は頬張っている。甘酸っぱい果汁が口の中いっぱいに広がり、次いで喉を潤していく。ごくん、と音を鳴らし果肉と一緒に飲み込むと、もう一つを指で摘み口に入れる。

（止まらない～）

行儀が悪いのは承知で、指を舌先でぺろりと舐《な》める。僑月がこの夏蜜柑をどこで手に入れたのか――確かあの皇居の果樹園にも夏蜜柑はあったはずだが――は聞いてはいない。

いっそのこと話してくれればいいのにとも思うけれど、知ってしまえば今までのように気安く話すことができなくなる。それは、ちょっとだけ寂しかった。

だったら、元服までの数年を知らないふりで過ごすのも良いかも知れない。

そんなことを考えながら、夏蜜柑一つを食べ終わった頃、香麗妃からの使者が桜奏宮を訪れた。

応対をしたのは、林杏だ。魅音の足は骨こそ折れていなかったものの、数日は青黒く腫《は》れ、今も痛そうに足を引きずって歩くので、宮の細々としたことは林杏と春鈴でやってくれている。

しかし使者の伝言が、明日朱闇宮に来て欲しいという内容だったため痛む足で無理して衣装選びを始めてしまった。仕事熱心なのも困るなぁと思いながら、無理をさせる訳にはいかず一緒に衣装を選び、次の日、久々に後宮の北門を潜った。

北門の前には馬車だけでなく、朱闇宮の護衛が来ていた。今までと違って皇居内に緊迫した空気が流れているのは、まだ、犯人が捕まっていないからだ。

朱闇宮の中に入ると居間に東宮と香麗妃がいる。

（何故東宮まで？）

この時間は政務に励んでいるはずだ。怪訝《けげん》な表情を出さぬよう手を重ね頭を下げる。あきらかに、宮に流れる空気が張り詰めている。顔を上げるように言われ、二人を見るも、いつもと違い、表情が固い。

その固い表情のまま東宮が話し始めた。

「船に矢が射られた件については、刑部の者が引き続き犯人を探している。青周や僑月から聞いたお前の見解も伝えてある。思い出したことがあればいつでも進言せよ」

「畏《かしこ》まりました」

返事をしながら考える。

(これだけのために呼ばれたはずがない)

警備が厳しくなる中わざわざ呼び出したからには、それなりの理由があるだろうと身構えた。こういう勘だけはなぜか外れない。

「お前は、武術だけでなく中々博識らしいな」

「いえ、決してそのようなことはありません」

はっきりと否定する。

「そこでだ」

しかし、東宮に聞く気はないようだ。思わず舌打ちをしかけた。

「近々第四皇子の元服の宴が開かれる。その間、香麗の護衛を頼みたいのだ」

「……護衛ですか?」

首を動かして、周りをぐるりと見回す。いつもと違い部屋の中には数人の武官がいる。朱閣宮の周りにも武官が詰めている。

「あの……私なんかよりずっと屈強で護衛に慣れている方が、沢山いらっしゃるように思いますが」

「勿論護衛は他にも付ける。刑部の武官も信頼できる者を青周が選んでいる」

だったら自分が出る幕はないだろうと、小首を傾げる明渓の表情を読み取ったかのように東宮は話を続けた。

「しかし、護衛も武官も男だ。香麗の側に常についていられるとは限らない」

（成程、そういうことか）

祭事と宴では参列者も衣装を替える。高官であればそのままでも問題ないが、皇族の場合、祭事は専用の衣装が用意されるため、着替える必要が出てくる。

何枚も衣を重ねる妃にとって、それは手間と相応の時間がかかる。それに、厠《かわや》に行くこともあるだろう。確かに男の護衛だけでは行き届かないことも多そうだ。

（そう言われても私は人を護衛したことがないし、斬ったこともない）

自分が護衛をしている前で妃が倒れる可能性があると思うと、明渓の方が今にも倒れてしまいそうになる。

「私は実戦の経験も、護衛の経験もありません。もっと適任の方がいるように思います」

言葉を選びながら断る。東宮の頼みを断るなんて、下手をすれば不敬罪だ。冷や汗が背中を一筋、つつっと流れた。

「確かに探せば、もっと適任はいるだろう。しかし、その者を探す時間がないし、適任者が必ずしも信頼できるとは限らない」

至極まっとうな理由だった。腕がたつのと信頼できるのはまた別の話だ。

泣きそうに自分をみる香麗妃の視線が突き刺さる。

（そんな目で見ないで欲しい）

思わず視線を逸らすと、香麗妃が席を立って近づいてきた。半歩下がろうとするも、それより早く白く華奢な手が明渓の手を包む。妃とは思えぬ俊敏さだ。

「お願い、明渓しか頼る人がいないの。私の願いを聞き届けて貰えないかしら」

縋《すが》るような目で見つめられ、明渓は言葉を詰まらせる。そこに追い打ちが掛けられた。

「俺からも頼む。力を貸してくれ」

この状況で断れる人間と言葉があれば教えて欲しい。

二人の視線に耐えられず、白旗を上げる気持ちで明渓はこの依頼を引き受けた。

28　元服 1

厳かな雰囲気の中、元服の祭祀《さいし》が行われていく。

神官が、ゆっくりと祝詞を上げていくその前には大きな釜があり、何やら書かれた紙や、清められた木片などがくべられていく。釜の四方には燭台が置かれ、蝋燭の灯りがゆっくりと揺らめく。祭祀場全体には清めの香が噎《む》せ返る程に焚かれ、蝋燭の熱気と共に頭上へと昇っていく。

皇族は一定の距離を置いて座り、その間には衝立《ついたて》、前には御簾《みす》があるのでお互いの姿ははっきり見えない。

この後、今日の主役が御簾を出て釜の前に行き祝詞を上げれば祭祀は完了する。

香麗妃の御簾の向こう、妃のさらに奥側に人影がちらついている。

妃に弓矢を放った犯人が見つからないことを懸念して、東宮が無理を通したと聞いた。祭祀場にまで連れてくるとは、いささかやり過ぎの気もするが、帝は東宮の判断に特に異論はないようだ。

神官の祝詞が完全に終わるのを確認してから、俺は立ち上がる。

御簾がゆっくりと上がり目の前の景色がはっきりと見えてきた。一歩前に出ると皇族全員の御簾が同時に上げられた。その場にいる者全ての視線が、自分に集まるのが分かる。

病気がちで人より成長が遅いため、線が細く背も充分に伸びていない。その身体にせめて威厳を持たせようと、胸を張り背筋を伸ばす。

僑月、慣れ親しんだ名に未練はないが、明渓に最後にその名を呼ばれたのがいつだったか思い出せないのだけが、心残りだった。

＊

祭祀は滞りなく行われ、明渓達は宴が開かれる宮に移動した。そして、香麗妃のために用意された一室で、宴の衣装へと着替えが始まった。お付きの侍女が手伝っている間、明渓は部屋の片隅でぽつんとしていた。放心状態だ。テキパキと数人の侍女が手際よく動くので、明渓がすることは何もない。というか、何もできない、といった方が良いかも知れない。

その理由は、他でもない。さきほど見た光景のせいだ。

(まさか第四皇子だったなんて)

思わず頭を抱え、円を描くように同じ個所を何度も回る。

「明渓、自分のしっぽを追う犬のようよ。目が回ってしまうわ」

「ですが、これがじっとしていられましょうか」

半泣きで顔をあげれば、違う理由で目に涙をためた香麗妃がいる。

「……では、貴女は僑月――いえ、白蓮《ハクレン》様を私の息子だと、ずっと思っていたの？」

香麗妃が笑いを必死にこらえ聞いてくる。よほど面白いのだろう。目じりに浮かんだ涙を指で掬《すく》い取っていた。

明渓は眉を下げた情けない顔でこくりと頷く。

「どうしてそんな誤解を？」

もう我慢できないとばかりに、肩が揺れお腹を抱えだした。

「背も低く、余りに不審な行動が多くて、とてもではないですが二歳下には見えませんでした」

とうとう香麗妃は声を上げて笑い出す。

「あははは、ふふ……、身長のことを言うのは禁止よ。はぁはぁ……あの子かなり気にしているから」

息切れをして苦しそうですらある。そうとうツボにはまったらしい。一生懸命に明渓を口説こうとしていた白蓮が、全く相手にされていなかったことが可笑《おか》しくて仕方ないのだ。

「元服したわよ」

「しましたね」

「私が東宮に嫁いだのは、元服の三ヶ月後よ」

「……そうですか。ところで、私は東宮の側室候補ですよね？」

「あら、側室になりたいの？」

こんな面白いことはないと、笑いながら聞いてくる香麗妃に明渓はぶんぶんと勢いよく頭を振る。

「選択肢はたくさんあるわよ？」

「いえ、むしろ限られているのではありませんか？」

「そっとしておいていて欲しい、ほっといて欲しい。

ただそれだけなのに、明渓の望みが叶えられるのが、どんどん難しくなっていくようだ。

明渓は後宮に来てから、おそらく一番親しくしていた者の顔を思い出す。線の細い身体と、切れ長ではあるがあどけなさが残る目元、そして時折する突拍子もない言動。

（いや、あれで元服ってありえないでしょう）

誰か彼に常識を教えろ、と言いたい。

再び笑い始めた香麗妃と、これまた再び隅で回り続ける明渓をよそに、優秀な侍女達は手早く新たな衣装を着せ、涙で取れた化粧を直し簪を幾つも挿していく。

いや、よく見ると簪を持つ指が震えているので、笑いを必死に我慢しているのかもしれない。

侍女達の努力と使命感のもと四半刻ほどで着替えは終わり、宴が行われる建物へと移動するため、席を立った。

着替えをしていた部屋の扉を開けると、そこには春鈴がいた。

明渓が香麗妃から護衛を頼まれたと魅音に伝えると、意外なことにすごい剣幕で反対してきた。

護衛がいるのにどうして妃嬪にそんなことを頼むのだと怒り、明渓には、自分を大事にして欲しいと涙ながらに訴えてきた。その姿には心打たれるものがあり、普段口やかましいと愚痴っていたことを反省した。これからは少しは、魅音のいうことを聞き、少しは妃嬪らしく振舞おうと、少しだけ思った。

しかし、今更断ることはできない。すると今度は私も一緒に行くと言い出した。心配してくれるのはありがたいけれど、足を引きずっている者を連れて行くわけにはいかない。

そこで、妥協案として名が挙がったのが春鈴だった。林杏には魅音の看病と留守を頼むことにし、東宮の許可のもと春鈴も一緒に宴から参加することになっていた。

29　元服 2

宴は皇居内にある、一際豪華な建物で行われる。白壁に朱色の柱が用いられているのは、他の建物と同じだが、建物そのものが大きく天井が高い。

さらに柱一つ一つに細かな細工がされており、飾られている調度品も一級品ばかりだ。

明渓は、丸一日かけて鑑賞したい気持ちをぐっと抑え、不自然でない程度のゆっくりした歩調で目だけ動かしながら、煌《きら》びやかな廊下を香麗妃の後に続いて歩いていく。

その先には、明渓の背丈の二倍以上はある金の扉があった。扉には龍が左右に一匹ずつ彫られており、手にはそれぞれ玉のような物を持っている。

その扉を側近が二人がかりで開け、中に入ると、天井から硝子《ガラス》製の大きな洋灯《ランプ》がいくつもぶら下がっていた。真っ赤な絨毯《じゅうたん》は金と銀で細かな刺繍が施されており、踏むのをためらってしまうぐらいだ。

香麗妃はその上を堂々と歩いて、金箔が貼られた椅子にゆったりと座った。普段は気さくで親しみやすい妃だが、その凛《りん》とした風格は、流石、次期皇后といった感じだ。

宴は帝の祝いの言葉から始まり、いろいろ話しているけれど、そもそも明渓は始めから聞くつもりがない。暇つぶしにぐるりと目だけ動かし、広間を見渡してみる。

広間の正面中央に帝が座っており、その右横にいる恰幅《かっぷく》の良い女性が暁華《シャオカ》皇后だ。顔にも身体にもたっぷりと肉がついているが、かつては後宮の薔薇、傾国の美女とまで言われた女性だった。

ついで半円を描くように帝の左横に今日の主役である第四皇子――白蓮が座り、東宮、青周と続く。第三皇子は欠席のようだ。そして、皇后の隣に香麗妃、その後ろに明渓、扉の横に春鈴が立つ。白蓮は髪を上げ、黒地に銀の龍が刺繍された衣装を着ていた。その顔に普段のあどけなさはなく、堂々とした佇まいは紛れもなく皇族のものだ。明渓はその姿を見て少し悲しくなった。

(もう、前のように接することはできない)

そう胸の内で呟く。

長かった帝の話が終わると、やっと料理が運ばれてきた。

初めに大根と川魚の膾《なます》、ついできのこと松の実が入った熱物《スープ》、魚の塩焼き、豚肉の角煮……美味しそうな料理が明渓の前を次々と通過していく。今朝はいつもより早く起きたので、とてもいい感じにお腹が空いてきた。

勿論、涎《よだれ》を垂らしたりなんかしない。ただ、一度腹の虫がぐーっと鳴り、前に座っている香麗妃の肩が上下に揺れていた。

挨拶から始まり、酒も入ったせいか宴は二刻にも及んだ。ただひたすら立っているのも大変疲れる。

(何かの修行⁉)

心の中で愚痴った時、帝と白蓮が立ち上がり、皆の前に進み出た。

（やっと終わる）

そう思った時だった。がたん、と隣から人が倒れる音がして、侍女の悲鳴が上がった。場は騒然となり、全員が立ち上がって倒れた人物――皇后の方を見る。

初めに動いたのは白蓮と、医局長らしき人物、そして青周と帝が皇后に駆け寄る。明渓も無意識に香麗妃より前に出て、皇后の姿が見える位置に立った。

「皇后様、どうされましたか？　私の声が聞こえますか？」

医局長が呼びかけるが、皇后の顔は真っ青で、額には脂汗が浮かび、手足が細かく震えていた。

「医局長、嘔吐《おうと》剤だ‼」

白蓮が薬と水を手渡し、それを飲ませようとするが、痙攣《けいれん》が激しくうまくいかない。半ば押さえつけるように、強引に飲み込ませ吐かせていると、屈強な男達が担架を持って来た。四人がかりでその身体を乗せると、医局長や青周、侍女達が周りを取り囲むようにして部屋を慌ただしく出て行った。

白蓮は残り、皇后の毒見役に体調の変化がないか確認した後、他の者にも確認をし始めている。

皇后以外に不調を訴える者は今のところいないようだけれど、二度にわたる事件を目《ま》の当たりにした香麗妃の顔色が真っ青になっていた。

「香麗妃、大丈夫ですか？　吐き気などはございませんか？」

明渓が問うと、小さく頷く。

「香麗、朱閣宮へ帰るぞ。歩けるか？」

東宮が震える妃の肩を抱きしめると、細い指でしがみついた。そのまま東宮は香麗妃を抱き抱え、足早に部屋を出て行く。護衛達もその後ろに続く中、自分も行くべきかと明渓が迷っていると、白蓮が歩いてくるのが目の端に映った。

「明渓、一緒に来てほしい」

「……はい」

明渓のあらたまった返事に、僅かに白蓮の眉が悲しそうに下がる。しかし、それ以上は何も言わず部屋を出て長い廊下を歩いて行く。明渓もそのあとに続き、さらに後を武官がついてきた。途中何度か曲がり、辿り着いた場所は厨房だ。

「残っている料理と、材料を全て出せ」

白蓮が料理人達に命じると、あっという間に大きな卓上に食材が並べられた。載り切れない物は、流し台の上に並べられ、白蓮はそれらを一つずつ手に取り、時には匂いを嗅ぎ見ていく。

「……あの、質問してもよろしいでしょうか？」

「何だ」

「皇后様が倒れられたのは毒によるものでしょうか？」

「……分からない。症状が出ているのは皇后だけで、毒味役はぴんぴんしているし、料理を食べた他の者で体調を崩した者はいない。ただ、皇后だけが痙攣《けいれん》をおこし、意識が混濁している」

白蓮の顔は強張《こわば》り、焦燥を露わにしている。

「私も手伝います」

明渓も出された食材を白蓮と一緒に手に取り匂いを嗅ぐ。毒の知識はない。見たことがないもの、嗅いだことがない匂いがあれば、白蓮に逐一聞いた。

(私では役に立てない)

自身の力不足に苛立《いらだ》ちを感じていると、熱物が目に入った。

(何だろう。この違和感は)

匙で具材をひとすくいして顔を近づける。頭の中を本の頁が次々と駆け巡っていく。

(思い出さなきゃ。私はこれを知っている)

「……白蓮様」

明渓は、先程知ったばかりの名を見知った顔に向かって呼びかけた。

「なんだ」

白蓮の顔が悲しげに歪む。時はもう戻せない。立場が変わってしまったことを二人は充分に理解している。

「皇后様は何処か身体の具合が悪かったのではないでしょうか？」

「太り過ぎは身体に変調をもたらすことがある。目が霞む、喉が乾く、慢性的な倦怠感を感じるといったことがあるようだ。この症状が進めば腎臓《じんぞう》を悪くすることもあるらしい。いや、もしかすると、もう悪くなっているやも知れんな」

「……腎臓」

明渓の中で一つ思い当たるものがあった。毒の本を読むことを禁止されている明渓が、唯一読んだことがある毒について書かれた本。その本にそれは書かれていた。

目の前にある熱物からある具材を匙で掬い上げる。

「これは、ヒラタケというきのこです。しかし、もしかするとヒラタケに似たものが紛れ混んでいるかもしれません」

「似たもの？　それはなんだ」

「スギヒラタケです。ヒラタケと似ていますが、ある持病を持つ人には毒となります」

白蓮の眉が顰められた。

「その持病とは何だ？」

「腎臓です」

昨年の秋に読んだきのこの本に書かれていた。腎臓の機能が低下している人がスギヒラタケを食べると、急性脳症を起こす可能性があると。持病がなくても症状が出ることもあるそうだが、確率として低くなるらしい。

「もし、宴に出席した人の中で、腎臓を患っていたのが皇后様だけなら、他の人に症状が出ていないことにも説明がつきます」

「なるほど、わかった。すぐに料理人に確認しよう。しかし……」

白蓮は目の前の鍋を見る。きのこは小さく刻まれている。

「この状態では時間がかかるやも知れぬな」

「そうですね。でも、白蓮様」

明渓は鋭い光を宿した目を白蓮に向けた。

「果たして、いくら似ているとはいえ、皇族の料理を作る人間がうっかり間違えますでしょうか」

そうなると、可能性は一つだ。

——誰かが故意に入れた

30　薔薇の露

明渓は、一緒にいた武官から幾つかの質問をされた後、桜奏宮に戻ってきた。

既に連絡があったのだろう、出迎えた魅音が不安気にいろいろ聞いてきたけれど、明渓は説明するだけの気力がなく、春鈴に聞いて、とだけ言ってパタリと自室の部屋を閉じた。

髪も服も化粧さえそのままに、寝台の上に倒れ込むと、天蓋を見上げる。

夏夜の宴のことを思い出す、次いで後宮に来てからの日々を遡《さかのぼ》るかのように、一つ一つ思い出していった。

(何かが引っ掛かる)

それが何かはわからない。一つ一つは些細《ささい》な日常的な出来事なのに、そこに僅かだが奇妙な違和感を覚える。

(気が動転して、神経が過敏になっているだけかもしれない)

この違和感そのものが勘違いの可能性もある。ころりと寝返りをうち赤子のように手足を曲げて丸まる。

緊張が解け疲れが出たのだろう、そんなことを考えていると、いつの間にか眠りに落ちていった。

目覚めたのは、いつもより一刻も遅い時間。昨日はそのまま寝てしまったので、ひどい状態だ。皺だらけの服を脱ぎ、湯浴みをして髪をとかし朝食を摂る。魅音は何も聞かず、言わずにいてくれた。

遅い朝食を終えた頃、宦官が訃報を知らせに来た。


太陽が南中した頃、明渓は春鈴と一緒に蔵書宮に向かった。春鈴は明渓の邪魔にならないよう入り口に座り、明渓は幾つかの棚を巡り十冊程本を抱え、既に定位置となった奥の席に座る。

本を捲るが、文字が頭に入ってこない。こんなことは初めてだった。何度も同じ箇所を読んでしまう。とうとう本を閉じ、ただひたすら待つことにした。約束はしていない。でも、必ず来ると思った。

日が傾いてきた頃、入り口から足音が聞こえてきた。明渓はゆっくりと席を立ち、手を重ねそこに額をつけるように礼をする。

「二人だけの時は、それはやめてくれ」

顔を上げると、少し悲しそうな困ったような表情を浮かべた見知った顔があった。

白蓮が椅子に座るのを待って明渓も座る。

「明渓の言う通りだった。きのこの中にスギヒラタケが交じっていた」

「そうですか」

「今、刑部の者が調理場に出入りしていた人物をしらみ潰しに調べている」

「……そうですか」

「刑部の見解では、皇后、次期皇后が狙われているので、その座を狙う妃嬪か縁者が怪しいのでは、ということだ」

　明渓は何も答えない。

　昨晩から何か引っ掛かるものがあるけれども、それがはっきりしない。刑部が動いているのなら、もう自分がすることはないと、思うことにした。

　だけど、一つだけ気がかりなことがある。関わらない方が良いのかもしれないけれど、やっぱり放っておけない。

「……白蓮様、お願いがあります」

「何だ」

「私を皇居の薔薇園に連れて行ってください」

　白蓮の眉間《みけん》にこれでもかと皺が寄り、苦い薬でも飲んだように口が歪む。その言葉が何を意味するのか分かったのだろう。

「どうしてもか？」

「そういうわけではないのですが……」

「あの方だから心配なのか？」

「そうではありません」

「では、どうして連れて行けと俺に頼む」

明渓は誰にも特別な感情など抱いていない。ただ、何かせずにはいられないのだ。

「白蓮様しか頼る方がいないからです」

白蓮は頭をくしゃくしゃと掻き、大きくため息をついた後、分かった、と渋々呟いた。


薔薇園は広い。既に陽は半分以上沈み、夜の帳《とばり》が下りてきた中をゆっくりと歩いていく。秋薔薇が蕾《つぼみ》をつけ始め、微《かす》かに薔薇の匂いがした。

（きっといる）

邪魔なだけかもしれない、でも、春に一瞬見せた悲しげな目が心配だった。

薔薇園の真ん中をまっすぐ延びる道を歩いて行くと、右手の方にある長椅子に座る人影が見えた。漆黒の髪が風に揺れている。

「青周様」

静かにその名を呼ぶ。黒曜石のような瞳が見開かれ、形の良い口が少し開いている。

「どうやってここに来た？」

「白蓮様に頼みました」

「白蓮は？」

「暫くして私が戻らなければ、ご自分の宮に帰っていただくようお願いしました」

「……はぁ、まさか、お前達に心配されるとはな」

自嘲気味にそう言うと、ため息をつき頭をがしがし掻いた。その仕草は白蓮にとても似ていた。

「ご迷惑でしたら帰ります。出過ぎた真似をいたしました」

「かまわない。座れ」

青周が自分の隣をぽんぽんと叩くので、明渓はそこに腰かけた。

青周は明渓と反対の方——東側の空を見る。明渓は何となく視線を外し、すっかり陽は沈んでしまったが、その名残がまだ残る橙色《だいだい》の西の空を見上げた。

空が夜の闇に覆われた頃、やっと青周が話し始めた。

「皆、俺の前では悲痛な顔で弔いの言葉を重ねていた」

「そうですか」

「だが、今頃笑いながら酒でも飲んでいるだろう」

「……そうですか」

「皇后の悪評は聞いているだろう？　火種が一つ消えたと安堵《あんど》している者が大勢いる」

明渓は青周の横顔を見る。その目は何処《どこ》を見るともなく、ただまっすぐ前を向いていた。

「私は皇后様のことを知りません。話をしたこともありません」

「そうだな」

「私は自分の目で見たこと、聞いたことしか信じません。いくら本に書かれていても、文字を鵜呑みにはしません」

だから、明渓はいつも試す。周りに呆れられても、止められても。

「華やかな時代も、お辛い時代もあったかも知れません。皆が描く皇后様も一つの姿でしょうし、噂の中には真実もあったかも知れません」

明渓は、身体の向きを変え、青周の目をじっと見つめた。整った顔に疲れが滲《にじ》み出ている。いつもの強気で、傲慢《ごうまん》ですらあるような目はそこになく、ただ、母を亡くした子供の目があった。

眉を顰め、ひたすら何かに耐えるような顔で、じっと見つめてくるその視線を、どうやったら受け止めてあげられるのだろうか。

明渓はその白い手を、武人らしい武骨な手に重ねた。

「ですが、良いではありませんか。青周様だけが描く姿があっても。そしてその姿もまた真実ではないでしょうか」

青周の目が一瞬大きく見開かれ、やがて口が僅かに歪んだ。

「青周様だけにしか見せなかったお姿です。大切になさってください」

そこまで話すと明渓は口を閉じた。これ以上、話すつもりはないというように、その潤んだ瞳からそっと視線をはずす。

「そうだな」

重ねた手が動き、指を絡めるようにつながれた。その指が微かに震えているように思うが、気づかないふりをする。

明渓は繋がれた手はそのままに、空を見上げた。決して青周の方を見ないように、秋の星座が輝く西の空を見続けた。

31　紫陽花

昨晩、桜宮奏に戻ったのは亥刻《十時》近かった。

秋の夜はそれなりに冷える。帰るとすぐ温かい湯に浸かったのに、朝から鼻水が止まらない。その上少し熱っぽくて頭がぼうっとする。寝込む程ではない。でも、後宮に来て以来、身体が弱くなった気がするのは、半端ない精神的負担のせいだろう。おかげでゆっくりと本も読めないと明渓はどこか上の空で愚痴た。

夜遅く帰ってきたことについて、魅音は何も言わなかった。先に帰った春鈴がうまく話してくれたようだ。

朝から空は秋晴れで澄み渡っていて、林杏達はこの晴れ間に衣替えをしてしまおうと、衣服を引っ張り出していた。先程まで、あれこれ指示を出していた魅音は、今、足を韋弦に見てもらっている。

何となく、察するものがあり簡単に身支度を整え待っていると、治療を終えた韋弦が、白蓮の宮まで来て欲しいと言ってきた。

明渓は二つ返事で答えると韋弦、林杏と共に後宮の北へと向かった。林杏がいるのは、医官と妃嬪が二人で歩くと不貞騒ぎを連想させる、と心配したためだ。

大通りをまっすぐ北に向かっていると、西からパタパタと足音が聞こえた。見ると、息を荒らげた珠蘭が走って来る。

「明渓様、よかった、会えました」

「そんなに走ってどうしたの？」

「実は来月、主が里に帰ることになりました。それで、明渓様にこれをお渡ししたくて」

珠蘭は懐から紙を取り出した。広げて見ると、そこには青や紫、桃色の紫陽花や梔子、朝顔など色々な花の押し花があった。

「ありがとう。大事にするね。珠蘭はこれからどうするの？」

「ひとまず里に帰ります。でも兄弟が多いので、また何処《どこ》かに働きに出ると思います」

珠蘭はまだ幼い。無理な縁談が待っている年齢でないことに明渓は安堵《あんど》した。それに、まだ一ヶ月ある。里に帰る前に、簪やお菓子を渡す時間ぐらいは作れるはずだ。

「では、失礼します」

一緒にいた韋弦や、林杏に遠慮したのだろう。明渓に押し花を渡すと、来た道をまた走って戻っていった。

北門で林杏と別れ、用意された馬車に乗る。今日行く白蓮の宮は、朱閣宮より北にある玄琅宮《げんろうぐう》という名の宮らしい。

馬車は暫く走ると、大きな門を潜った。松などの針葉樹が植えられた庭が広がり、白壁と朱色の柱の建物が見えてくる。

馬車を降りると、韋弦が入り口まで案内をしてくれた。大きな漆黒の扉を開けると、少し冷《ひん》やりとした空気が頬に触れる。人の気配を感じない宮の長い廊下には、ふわりとした緑色の絨毯が敷かれていた。朱閣宮と違い、生活感のないその廊下を進んだ先にある扉を開けると、慣れ親しんだ顔があった。

自分の宮であるにも関わらず、どこか所在なさ気にしているその人物は、いつもと真逆の黒い衣を纏っている。

膝を折り、手を重ねて挨拶をしようとすると、

「頭は下げなくていいと言ったはずだ。それより座ってくれ」

困ったように眉毛を下げた。

明渓は言われるまま机を挟んで向かいに座る。侍女がお茶を置いて静かに出て行くのを待っていたかのように、白蓮が話し始めた。

「今朝、一人の医官の姿が消えた。名前は宇航《ユーハン》、矢が放たれた時韋弦と一緒の詰所にいた医官だ」

「いなくなったって……」

「部屋から十字弓《ボーガン》の矢が見つかった。船で見つけた物と同じ形状だ。何度か試し打ちをしたのだろう」

白蓮は、はやる気持ちを落ち着けるようお茶を一口飲む。

「十字弓はどうやって持ち込まれたのでしょう？」

「百人近い武官、宦官が池の底から見つけた十字弓は小さく分解できるように改造されていたらしい。医官は薬や医具を買いに外出することが許されている。勿論、後宮に入る際には宦官により身体と荷を調べられるが、宦官は医具に詳しくない。多少見たことがない物でも、新しい医具だと言われれば信じてしまう。宇航は市井で医者をしていた。その時使っていたものだと言われれば疑いようがない。あぁ、それから皇后への恨みを書いた文も見つかった」

明渓は首を捻る。何だか違和感を感じた。

（どうして、弓矢と手紙を残して行ったの？　自分が犯人だと名乗るようなものじゃない。普通ならそれらは真っ先に処分されるはず）

それにだ。

「きょ……、白蓮様。あの宴に宇航の姿はありませんでした。どうやって宴の料理にきのこを入れたのですか？」

「それについてはまだ調査中だ。足取りも含めてな」

白蓮は渋い顔で腕組みをする。

「宇航に家族は？」

「義父がいる。話を聞けば王都には戻らないと書かれた文が届いたようだ。それから、宇航と親しくしていた妃嬪がいないかを調べている」

だったら、もう王都にはいないだろう。姿絵は配られたらしいけれど、馬を使ったなら既に遠くまで逃げているかもしれない。

どのみち、一妃嬪にすぎない明渓にできることはもうない。後は偉い方々が頑張ってくれるだろう。そう思い、出されたお茶に口を付けると、上等の緑茶の香りが口中に広がった。

「はくしゅん‼」

(いいお茶飲んでいるわね)

白蓮のくせに、と思うも、彼は皇族。本来の立場に戻っただけだ。

突然、白蓮が大きなくしゃみをした。

「大丈夫ですか？　風邪？」

「いや、昨晩ちょっと……散歩をしていて夜風に当たりすぎたのかな」

(昨日は私を薔薇園まで送り届けて、直ぐに帰ったはずなのでは？)

広い庭でも散歩していたのだろうか。鼻を啜《すす》っているので懐から紙を出して渡してあげると、それを大事そうに自分の懐に入れ、別の紙を用意させ鼻をかんでいる。

(妃嬪の持つ紙では肌に合わないというのだろうか)

明渓が半眼で見る中、白蓮は、あれ、と机に落ちたものを摘み上げた。

「これは明渓のか？」

見れば机に紫陽花の花が幾つか落ちていた。先程貰った花が、紙を出す時に一緒にこぼれ落ちたのだろう。

明渓は、青色の小さな花を指で摘み目の高さまで持ち上げる。

(何だろう、何かを見逃している気がする)

熱のせいか、疲れのせいか頭が上手く回らない。青色の紫陽花をじっと見つめながら頭の中の本を捲っていく。文字が頭の中で踊り出す。

がたん！

大きな音を出しながら明渓は勢いよく立ち上がった。

「どうした？」

「見つかるかも知れない‼　今夜、私が言う物を用意して北門に来てください。あと、後宮に帰るので馬車の用意をお願いします。今すぐ！」

いきなりのことに、訳が分からないと呆気《あっけ》に取られている白蓮に必要な物を伝え、馬車に飛び乗った。そして、北門で降りると、今度は西に向かって走り出す。

妃嬪が一人で後宮を走り抜ける様《さま》に、すれ違う人々が振り返る。好奇心とも揶揄《やゆ》とも言えるような目線を気にすることなく、一息に洗濯場まで走り抜いた。

周りを見回す。それ以上に見られているが、そんなことどうでも良かった。

その姿が余程目立っていたのだろう、探している相手から声をかけてきてくれた。

「どうしたのですか？　明渓様」

まだ、幼い顔をした侍女がぽかんと口を開けそこにいる。

「珠蘭、この紫陽花何処で見つけたの？」


日付がもうすぐ変わろうとする頃、明渓は黒い衣をふわりと翻し、窓から地面へと飛び降りた。そのまま闇に紛れるよう木立の中を一気に駆け抜ける。

後宮の北門には既に白蓮と韋弦、それから二人の武官がいた。

「明渓、昼間言っていたことは本当なのか」

「まだ、はっきりとは分かりません。可能性があるとだけお伝えします」

それだけ言うと、真っ直ぐ西へと向かった。男四人はその後を静かについてくる。

西の端には、背の高い広葉樹が鬱蒼《うっそう》と茂った雑木林があり、その手前、道から少し奥に入った所には低木がずらりと並んでいる。今は緑の葉しか付けていないが、初夏には鞠《まり》のような花が咲いていた。

「ここです」

明渓は腰程の高さの紫陽花の木を指さす。珠蘭から貰った青色の紫陽花の花が咲いていた場所で、この色の紫陽花が咲いていたのは、ここだけだったらしい。

「珍しかったので、覚えているんです」可愛い笑顔でそう言った珠蘭を思い出す。

武官達は持っていた円匙《スコップ》で慎重に紫陽花の根元を掘って行く。四半刻も立たない内に、手が止まり鼻を突く異臭が辺りに充満し始めた。

武官達の顔が大きく歪む。明渓は近づこうとするも、白蓮に腕を引かれ止められた。男達だけが、月明かりの下、掘られた穴を無言で覗き込む。

「……どうして分かったんだ？」

「紫陽花の色です。紫陽花はその土に含まれる養分によって色が変わります。その場所以外は全て桃色か紫の紫陽花だったのに、そこだけ青色でした」

気持ちを落ち着けようと、一度深く息を吸う。

「人の死体もまた養分となります。人を埋めれば、その場所だけ他と違う養分が含まれていることになります」

遺体は見ていない。恐らく傷んでいるので見ても分からないだろう。ただ、この数年、後宮で行方不明になった女は一人だけと聞いている。

明渓が後ろを向いている間に遺体は布に包まれていく。しゅるしゅると布を巻く音だけが静かな後宮内に響いていた。

今夜は月が明るい。先程は思わず足を踏み出してしまったけれど、遺体の状態を考えると、もう見るつもりはなかった。

「明渓……」

名を呼ばれ、横を向くと白蓮が汚れた布を持って立っていた。

「それは……？」

「……遺体の首に巻かれていた」

恐る恐る握られている布を見る。

辛そうに眉を顰める白蓮から、震える手でそれを受け取った。

次の瞬間、足から力が抜けその場に崩れ落ちるように座り込んだ。

手が、肩が、身体が震える。

後宮で見てきたことが明渓の中で全て一つに繋がった。でも、信じたくない。

「もしそうだとしたら、皇后は……私のせいだ……わたし……のっ……」

手の甲に、水滴が落ちて行く。激しい後悔が全身を貫いた。

土に汚れた布を見つめたまま泣き崩れる明渓の肩を、戸惑いながら白蓮が優しく抱き支えた。

32　解

蔵書宮の奥の席、もう何回座ったか分からないその場所で、静かに明渓は待っていた。

昨晩は、武官達と一緒に刑部に報告に行くと言う白蓮に頼んで、玄琅宮に泊らせてもらった。広い宮の客室には、明渓が普段使っているより豪華な寝台があり、柔らかく、寝心地もよいはずなのにその夜は全く眠れなかった。

後宮に来てからの日々、事件、薔薇園で見た黒曜石のような目が頭の中で走馬灯のように繰り返され、いつまで待っても睡魔は訪れてはこなかった。

バタンと扉が開く音がして、こちらに近付いてくる足音が聞こえた。本棚の向こうから、見慣れた侍女の姿が見える。

「明渓様！　昨晩はどうされたのですか？　顔色が悪いよ……」

言葉が途中で途切れたのは、白蓮と青周の姿を見たからだろう。慌てて跪《ひざまず》き、手を重ねて敬礼の姿勢をとる。

「頭を上げよ」

青周の言葉に春鈴は戸惑いながら顔を上げた。それを確認して、明渓がゆっくりと話し始める。

「始めは何が起きているか、よく分からなかったの。でも、……正面から見るのと、横から見るのとでは形が違って見えることってあるでしょう？　視点を変えた瞬間全てが繋がってしまった」

「……明渓様、申し訳ありませんが、何について話されているのですか？」

戸惑いの表情を浮かべる春鈴に向かって、明渓は汚れた布を取り出した。

広げてみるとそれは――桜と藍色で染められた手拭いだった。

「珠蘭に聞いたら、彼女は持っていたわ」

この手拭いは後宮に二つしか存在しない。

「雪花《シュファ》を殺したのはあなたね。そして、おそらくそれは突発的なもの。計画的なら、わざわざあの手拭いを使わないわ」

春鈴は何も言わずに、ただ下を向いている。明渓は構わずに淡々と言葉を続ける。

「埋めたのは別の人間ね？」

「いえ、違います。私が埋めました」

今度は顔を上げ、はっきりと言った。しかし、明渓は悲しそうに眉を顰め首を振った。

「穴を掘って埋めるのは重労働よ。女一人でするのは無理がある。埋めたのは男性でしょう。おそらく暗くてよく見えなかったので、手拭いが珍しい物だと気付かずそのまま埋めてしまったのね」

違和感の破片を一つずつ口にしていく。

「医官が一人行方不明になったのは知っている？　彼の部屋から矢が見つかったわ。医官である彼は皇后の健康状態を知ることができた」

言葉に詰まり、唇をぎゅっと噛《か》む。春鈴を侍女にしたのも、宴に連れて行ったのも全て明渓だ。

利用されていたことに、腹立たしさより悲しみを覚え、そして何より自分の浅はかさを悔しく思う。

「皆、この事件は次期皇后となる香麗妃と暁華皇后が連続して狙われたと思っている。でも、それこそが間違いだわ。初めから狙いは暁華皇后一人だけ。そう考えれば、全てが繋がるの」

視点が違っていたのだ。そこを正した時、明渓には今まで見えなかったものが見えてきた。春鈴の顔が青ざめ、唇が僅かに震えた。その反応を確かめ、明渓は言葉を続ける。

「あなたは暁華皇后に殺意を持って後宮に入った。しかし、主のもとを帝が訪れることはなく、他の皇族とも接点が持てない。そんな時、珠蘭から私と青周様の声を東の雑木林で聞いたと耳にしたあなたは、私の侍女になることを思いついた。そのために、不貞騒ぎをでっち上げ、私に泣きつき桜奏宮の侍女となることに成功した。次にあなたはどうやったら暁華皇后に近づけるかと考えた。皇后はもう何年も後宮を訪れていないので、あなたが皇居に行く必要があった。そこで、あなた達は十字弓で香麗妃を射ることを考えた。殺害するのが目的ではなく、脅して護衛を増員させることが狙いね。東宮の香麗妃への溺愛ぶりは後宮でも有名だし、私が剣術を得意としているのも知っている。目論見《もくろみ》通り、私は妃の護衛となった。あとは魅音に怪我をさせ、私と一緒に宴に参加したあなたは隙をついて熱物にスギヒラタケを入れた」

春鈴が顔を上げた。その目には憎しみがはっきりと表れている。しかし、目線の先にいるのは明渓ではない。その視線を受け、青周が口を開いた。

「俺に言いたいことがあるんじゃないか」

春鈴は大きく頷き青周を睨んだ。

それは、想像していたよりずっと悲しい独白だった。明渓は話を聞きながら何度も青周を盗み見したけれど、彼は最後まで顔色ひとつ変えなかった。

春鈴は全て話し終えると静かに立ち上がり、深々と頭を下げた。

「……私が明渓様を、その優しさに付け込んで利用しました」

春鈴はそれだけ言うと、くるりと踵《きびす》を返し、入り口にいる武官の元へ向かって行く。背筋を伸ばし毅然とした態度は、何処か安心したようにも見えた。

残ったのは、明渓と青周の二人だ。

「申し訳ありません、私のせいです。私が彼女を侍女にして、さらに宴にまで連れて行きました」

例えそれが善意からであったとしても、自身が知ることができない所で思惑が絡んでいたとしても、自分を許すことが出来なかった。

「俺は、そうは思わない」

「いえ、どんな罰でも受ける覚悟はできております」

「必要ない」

「私は取り返しのつかない判断をしました」

明渓は手をぎゅっと握り、拳をつくる。俯いた目から、その拳の上に涙が落ちる。

「お前がどう思おうと、お前に罪はない」

「しかし……」

「何を信じるかは、俺が決めることだ。そうだろう？」

明渓の頭が小さく左右に揺れる。青周の言葉を否定しているようにも、涙で震えているようにも見える。

青周は、静かにその様子を見守り続けていた。

33 自白

年の離れた姉は優しい人だった。ある日呼ばれて行くと、姉の手には二本の簪があり、それを嬉しそうに私に見せてきた。

その二本はよく似た意匠で、横に並べると絵の一部がつながって、花の形が現れた。

姉はそのうちの一本を私に手渡し、あげる、と言った。五歳の子供にはちょっと早いけれど、いずれ必要になるのだからその時はお揃いで挿そうと笑った。

私は姉の笑顔が大好きだった。見ているだけで、心があったかくなるような笑い方をする人だった。

「お姉様、いつ帰ってくるの？」

「三ヶ月後ぐらいよ」

後宮で侍女として働いていた従姉妹《いとこ》が、体を壊してしまったので、代理として三ヶ月だけ姉は後宮に行くことになった。

数ヶ月間だけの代理の侍女を帝が気にかけるはずがない、大丈夫だと父は豪快に笑いながら言っていたけれど、私は不安だった。

目立つような美人ではなかったけれど、姉の肌は透き通るように白く、光沢のある黒髪がさらにそれを引き立てていた。

私はどちらかといえば、父親譲りの浅黒い自分の肌をうらめしく思っていたものだった。

次の日、馬車に乗って後宮に向かう姉を見送った。そしてそれが姉を見る最後となった。

三ヶ月しても姉は帰ってこなかった。半年後にきた連絡は、姉は帝の子を腹に宿したまま自害したというものだった。

帝の子を殺した罪で、地方役人をしていた父は処罰され、家は潰された。私は父方の兄弟に、兄は身分を隠し父の知人の知人に引き取られ家族はバラバラになってしまった。

近所でも仲が良いと評判の家族で、豪快に笑う父と、明るい姉と、優しい兄との暮らしが、二度と戻らないことがとてつもなく悲しかった。

十五歳の時、叔父の家に預けられていた私のもとに兄が訪ねてきた。兄の義父となった男は市井で薬師をしており、後宮に務める医官の友人がいた。兄はその二人が話をしているのをこっそり聞いてしまったという。

その内容とは、東宮の元服の年に自害したとされる帝の子を宿した妃嬪は、暁華皇后によって殺されたというものだった。その妃嬪が、侍女から召し上げられた姉であることは、死んだ時期からも会話からも明白だ。

二人が雑木林の中にある池の周りで言い争いになった後、皇后が妃嬪を池に突き飛ばし側近が沈めているのを偶然その医官は見てしまったらしい。

上司に伝えようとしたが、そのころの皇后は子供と子宮を失って、常軌を逸する行動を頻繁にとるような精神状態だった。報復、口封じを恐れ保身のため、何も言わずに後宮を去ることにしたらしい。

自分の身体が怒りで熱くなり震えがとまらない。兄はそんな私の肩を抱きしめるとある計画を持ち掛けてきた。


ただ、代理として向かった後宮で、意に反し帝のお手付きとなってしまった姉。それは決して姉の望むことではなかったはずだ。それなのにその姉を妬《ねた》み、嫉《そね》み池に沈めた皇后がどうしても許せなかった。いや、後宮という存在自体が許せなかった。

その後、伝手《つて》をたどり侍女として後宮に入ったけれど、後宮はすでに形式的なものでしかなく、帝のお通りは何年待ってもなかった。具体的な計画はその時点ではなく、ただ皇族に近づくことを一番の目的としていた。

あと一年で後宮を去らなければいけない年に、偶然知り合ったのが明渓様だった。嬪らしくない気さくな振る舞いと、好奇心いっぱいの瞳がくるくると動く愛らしい嬪だった。

彼女が青周様と親しくしていると聞いた時、やっと運が自分に味方をしたと思った。

兄に手紙を書くと、すぐに医官として後宮に入ってきた。あの義父の友人である元医官に頼んだところ、欠員が出たばかりでとんとん拍子に話が進んだそうだ。

私は明渓様の侍女になるため、兄と協力して主の不貞をでっち上げた。主の字を真似た手紙を書き、それを人気のない雨の日を選んでこっそり兄に渡した。間もなくその手紙が博文の部屋で見つかり、主は後宮を去ることになった。私は明渓様に泣きつき、計画通り彼女の侍女になることに成功した。

その日の夜だ、予想外の事が起こったのは。

桜奏宮から帰る時、人気のない道で呼び止められ、振り返ると雪花がいた。

彼女は私をじっと見つめた後、赤い唇をにたりと歪ませ、耳元で囁《ささや》いてきた。

「私見たのよ。医官と親しくしていたのはあなたの方じゃない？　ねぇ、その医官に頼んで、私と帝が偶然出会えるように取り計らって貰えないかしら。協力してくれれば、黙っていてあげるわ」

その言葉に頭が真っ白になり、気が付いた時には持っていた手拭いで雪花の首を絞めていた。足元に転がる遺体を震える手で植え込みの下に隠し、医局まで走ると、私の姿を窓から見た兄が出てきた。

「……分かった、後のことは俺に任せてお前は宮に帰れ」

兄はそれだけ言った。


桜奏宮に住むようになると、明渓様に剣の覚えがあり、それを買われていることを知った。そのため彼女は頻繁に朱閣宮に通っているらしい。

夏夜の宴で兄は十字弓を用意した。もし、香麗妃が狙われることがあれば、明渓様が護衛として呼ばれるかもしれない。そう考え、兄はそれを東宮達が乗る船に仕込んだのだ。

私ははぐれたふりをし、対岸から射ったように見せかけるため、行灯を棒に括《くく》り付け木の枝の上に置いた。そして騒ぎ声が聞こえると同時にそれを下ろし、池へ向かった。十字弓は、兄が船に乗り込んだ時に、船上から池に投げ入れたと聞いている。

兄がいる詰所の近くで弓が引かれるように調整するのが、なかなか難しいとぼやいていたので、成功した時にはほっとした。

まるで何かに導かれるように事は順調に進み、明渓様が宴に参加することが決まった。親切な魅音に怪我をさせたことは申し訳なかったけれど、私がその宴の場に行くためには仕方がなかった。

皇后の健康状態を調べるのは、兄にとっては簡単なことだ。スギヒラタケを使うことはすぐに決まったけれど、昨年スギヒラタケは後宮に生えていなかった。だから兄は商人に頼み手に入れたらしい。

細かく刻まれたそれを預かり、香麗妃が着替えている間に調理場に行くと、入り口近くに熱物が入った鍋があった。周りを見渡すと、調理人は自分の仕事に手いっぱいで、こちらを気にする様子はない。やはり、運が味方している、そう思い素早く鍋に入れ立ち去った。

兄は全ての責任を一人で負うつもりで姿を消したのだろう。燃やしてしまえばよい矢を、わざわざ部屋に残して行ったのは、私を守りたかったのだと思う。

悔いはなかった。自分の都合で人の人生を踏み潰し続ける人達に、たとえ取るに足らない命であろうとも、その命を宝のように思う人間がいることを思い知らせることができたのだから。

懐から出した二つの簪──池から見つけた姉の簪と私の簪──を手に載せて並べてみると、綺麗な薔薇の花が浮かびあがってきた。この簪が全てを導いてくれたのかも知れない。

34　新しい風

窓辺に座って本を読む。聞こえてくるのは、鳥の鳴き声と、時折吹く風が起こす木々のざわめき、それから本を捲《めく》る音だけだ。

今、明渓は一年間住んだ桜奏宮を離れ、皇居にある塔の一番上にいる。

春鈴を雇い、宴に連れて行った明渓に対して、武官が何度も話を聞きに来た。

従者の悪事は主の責任でもある。

明渓が無関係なことは、春鈴の話からも分かって貰えたため、表立った処分は行われていない。ただ、事実確認を終え、実家に帰されるまでの間の仮の住まいとしてここに移ってきている。

本来、不貞を働いた疑いがある者などが入る場所で、明渓がここに入ることに白蓮や青周は異議を唱えてくれたが、他に適当な場所がなく、何より明渓自身がこの場所で良いと言った。

入り口は一つで、武官が見張りについている。くるくると螺旋《らせん》状に作られた階段を三階まで上がり、扉を開けた先にある一部屋が与えられた。

一部屋といっても広さは充分で、寝台も宮にあった物より硬いが、実家のより柔らかく、敷布も綿ではあるが、決して質の悪い物ではない。

湯気が立つ食事が運ばれて、頼めばその都度お茶も用意してくれる。窓が一つしかなく、その窓枠に格子が嵌《は》められていることを除けば、不満はなかった。

読み終わった本をぱたりと閉じて、堆《うずたか》く積まれた本の山に戻す。本は毎日新しく三十冊程追加されるので、時間がいくらあっても足りないぐらいだ。

皮肉な話だが、後宮に来てから今が一番本を読んでいるだろう。そして、明日にはここを出て行く。

春鈴にどんな刑が下されたかは知らないが、医官はまだ見つかっていないらしい。

伸びをしながら窓辺に立つ。向こうに見えるのは果樹園だろうか、それなら薔薇園はその向こうだ。

また、胸が苦しくなる。青周は明渓に責はないと言ってくれたが、そうは思えなかった。

突然、静寂を破るように扉を叩く音が聞こえた。こんな時間に珍しいなと思いながら振り返ると、明渓の返事を聞く間もなく、侍女が一人飛び込むように部屋に入ってきた。

（侍女？）

服装は侍女だが、頭から布をすっぽり被っていて明らかに不自然だ。それに、侍女自身も、入ったのは良いがどうすれば良いか所在なさげに佇んでいる。

「どうしたの？」

とりあえず声をかけると、侍女は明渓の方を向き、頭の布を雑に剥《は》ぎ取った。

「……？!」

「笑うなよ」

「…………!!!」

眉を顰め、頬を赤くしながら拗《す》ねたように白蓮は言う。

しかし、笑うなと言うほうに無理がある。明渓は白蓮を指さし、笑い転げた。かなりの時間がたったあと、痛む腹を押さえ、肩で息をしながらやっと言葉を口にする。

「はぁ、……で、何してるんですか？」

白蓮は腕を組みながら、涙目の明渓を睨む。その目が笑いすぎだと言っている。でも、明渓の笑いはまだ収まらない。

「どうして、じょっ……女装なんっ……て」

ヒッと、呼吸困難に落ちていく明渓を尻目に、白蓮は窓枠に軽く腰をかけた。

「ここには行くなと帝に言われた。見張りの者も、俺を通すなと言われている」

「だから、わざわざ女装をして来てくれたのですね。明日にはここを出るので、最後に会えて嬉しいです」

ちょっと息切れしている。でも、女装してまで来てくれたことは素直に嬉しかった。

「ありがとうございます」

「うむ」

白蓮は、何か話しかけようと口を開けるも、迷ったような顔で鼻の頭を掻く。そして一呼吸した後真っ直ぐに明渓を見た。

「俺も、お前は悪くないと思う」

その言葉に明渓は目を伏せる。

「そうでしょうか」

「でも、いくら周りがそう言っても、無駄だろうな。お前は自分を責め続けるのだろう」

「…………」

白蓮は小さくため息をつく。しかし、切れ長の目は視線を逸らすことなく、明渓をじっと見つめたままだ。

「ならば、仕方ない。そう思って生きるしかないだろう」

「はい」

「世の中、ままならぬことはある。あの時こうしていれば、なんて後悔を持たぬ人間の方が少ないのだから」

明渓は白蓮を見る。目の前にいるのは生まれながらの貴人だ。窮屈な環境で、様々な視線や思惑の中を生きている。思うようにいかないことも一度や二度ではないだろう。

「……何か、今日は年相応ですね」

「はぁ？　どう言う意味だ？　人が真面目に……って、そういえばお前、俺を東宮の息子と勘違いしていたらしいな。いやいや、あり得ないだろ！」

ばれてしまった。ついと視線を逸らすも、白蓮は窓枠から離れ視線の先に立つ。

「仕方ないじゃないですか、やることなすこと常識からずれているのですから」

「明渓にだけは言われたくない」

「背だって私より低いし……」

「なっ！　それは禁句だろう。って言うか、今は俺の方が背は高いぞ」

「そんな……」

そんなことはない、と言いかけた言葉が途中で途切れた。自分の目線がいつの間にか、僅かに上を向いていることに気づく。

（いつの間に抜かされたのだろう）

あどけない瞳はそのままだけれど、声はすっかり変わり、話す度に喉が上下する。華奢だった肩や腕も逞《たくま》しくなっていた。ずっと一緒にいたから気づかなかった。

白蓮は、長椅子に座ると明渓にも座るよう促した。

「明渓なら『日々是好日《にちにちこれこうじつ》』って言葉知っているだろう？　あの『好日』っていうのは単に良い日を意味する訳ではない。生きていればうまくいく日もそうでない日もある。失敗したり、後悔したり、涙する日もあるだろう。しかし、どんな日であってもその日を大切に感じ生きることをいうらしい。俺は病で何度も死にかけたからこそ、どんな日でも大事だと思っている」

「だから、後悔を含め全ての日々が大切だと」

「後宮での日々は嫌だったか？」

明渓は首を横に振る。本を読むためだけに入内したけれど、いろんな人と過ごした日々は予想以上に充実していた。

「いいえ、楽しかったです。全てのことが。あなたに出会えたことも」

鼻の奥がツンとして思わず視線を下げる。その先に、いつもの白衣はなく、簡素な緑色の侍女の衣があった。

会ったばかりの子供のような頼りなさはそこになく、この一年で青年になった男がいた。

無意識にその襟元に手が伸びる。

「不思議ですね。こんなふざけた格好をしているのに、今までで一番格好良く見えます」

少し潤んだ眼差しを向けながら、ふわりと笑ってそう告げた。

白蓮の切れ長の瞳がぱっと見開かれ、見る間に顔が赤らんでいく。そして、口をへの字にしたと思えば、今度は勢いよく立ち上がり、明渓の細い肩を掴《つか》んだ。

「やっぱり無理だ!!」

「何がですか?」

「明渓だって、まだ本を読みたいだろ?」

「はぁ……」

「分かった! 任せておけ」

何が分かり何を任せるのか、と明渓が問うより早く、頭から布を被り脱兎のごとく白蓮は飛び出して行った。

賑やかだった空間が再び静かになる。最後の言葉が気になるけれど、話ができてよかったと安堵の笑みを浮かべた。さて、明日までにどこまで読めるかと、目の前の本の山に手を伸ばす。風が少し冷たくなってきたが、窓を閉めるにはまだ早い時間だ。

夕食後の晩酌《ばんしゃく》をしながら、東宮は大きなため息を一つついた。手には二通の嘆願書がある。

「どうされたのですか?」

問いかけてきた妻にその二枚をひらひらと見せる。

「あらあら、なんと書いているのか伺ってもよろしいですか？」

「二人とも同じ内容だ。だが、二人一緒に叶えてやることはできない」

東宮は、弟達からきた文を机の上に放り投げた。

「この国では女は一人の夫しか持てませんものね。殿方と違って」

「俺の妻はお前だけだ」

東宮が抱き寄せようと伸ばした腕を、香麗妃がするりとすり抜ける。

「では、私からもお願いして良いですか？」

「だから、俺は側室はとらないと言っているだろう」

所在なさげに手を宙に浮かべた東宮が、眉間に皺を寄せる。

香麗妃はその東宮の手をとると自分の腹にそっと当てた。

「子が増えます。信頼できる侍女を一人増やしてくれませんか？」


翌日。

「お父様、青周様から沢山のお酒が届きました。あれ？　簪もある」

「……陽紗《ヨウシャー》、お父様はこんなに飲めない。それから簪は大事なものだからそのままに」

東宮は、あまりの酒瓶の数に呆《あき》れ返る。

「おかあさま、白蓮さまからほんがいっぱいきたよ。このかんざし、わたしのだとおもう」

「あらあら、雨林《ユーリン》、あなたはまだ何でも口に入れるのね」

香麗妃はよだれがべったりとついた簪を摘み上げ、ふふっと笑った。

爽《さわ》やかな秋風の中、真新しい侍女服を着た娘が一人朱閣宮に向かって歩いている。

その両手には、沢山の本が抱えられていた。


〈了〉

京都桜小径の喫茶店
～神様の御使いと陰陽師～ 2

卯月みか　装画／白谷ゆう

傷心旅行で訪れた京都の街に魅了され『Cafe Path』で働きながら新たな生活をスタートさせた愛莉。なぜか神使が見えてしまうようになった愛莉は、漫画家兼、拝み屋の誉を手伝い神使の願いを叶えていくことに。

こうして順調な新生活を送る中、北野天満宮の『一願成就のお牛さん』にお参りに訪れた愛莉はおじいさんの姿をした神使にある探しものを頼まれるのだが…。

神様と人の縁を大切にする縁結びファンタジー第２弾！

宮廷書記官リットの優雅な生活 2

鷹野 進　装画／匈歌ハトリ

フィルバード公爵が連れてきた王姉の遺児を名乗る男、ナルキ・フレミア。王位継承権の条件である〈彩色の掟〉通りの金髪、紫の瞳を持つ人物の登場に、周囲が〈噂の三番目（サード）〉かと騒然とするなか、その真贋を鑑定するザイール宮廷医薬師長に暗殺疑惑がかけられる事態が発生。

一級宮廷書記官リットは、少年侍従トウリと友人である近衛騎士団副団長ジンとともに、事態の真相解明へと乗り出すことに——。

三つ編みの宮廷書記官が事件を優雅に解き明かす宮廷ミステリ、第2弾！

一二三文庫

愛読家、日々是好日《にちにちこれこうじつ》 1
～慎ましく、天衣無縫に後宮を駆け抜けます～

2022年12月5日　第一刷発行

著　者　琴乃葉
発行人　山崎 篤
発行・発売　株式会社一二三書房
〒101-0003
東京都千代田区一ツ橋 2-4-3 光文恒産ビル
03-3265-1881
http://www.hifumi.co.jp/
印刷所　中央精版印刷株式会社

ISBN 978-4-89199-908-7 C0193